豊穣神の加護で枯れた大地に緑を!

JN198122

転生5才児は【粘土工作(クレイクラフト)】で農業改革はじめます!

～貧乏領地を開拓したら、いつの間にか最強領地になっちゃった!?～

ぽんぽこ

ill. ネコメガネ

コーネル
野菜作りが大好きなちびっ子農家。
スローライフを満喫しようと
思っていたが、次々と
トラブルに巻き込まれてしまう…。
ケット&クー
コーネルの【粘土工作】に
よって生み出されたゴーレム。
魔石をはめ込んだところ、
意思を持った精霊となった。
CHARACTERS

ガオル

見た目は可愛い
ハーフ獣人なのに、
中身は脳筋な獣の王様。

アイリス

『心眼』スキル持ちの王女。
原因不明の病気で
臥せっている。

tensei 5saijiha sukiru【nendokosaku】de
nogyokaikaku hajimemasu!

「わたくしと……
婚約していただけませんか?」
「……へ?」

~貧乏領地を開拓したら、
いつの間にか最強領地になっちゃった!?~

ぽんぽこ

ill. ネコメガネ

tensei 5saiji ha sukiru
[nendokosaku] de
nogyokaikaku hajimemasu!

目次

プロローグ　一寸先は異世界？

「し、死んでる……？」

ヒグラシも寝静まる八月の深夜零時、自宅マンションのベランダにて。会社の出張から帰宅したばかりの俺の目に、暗闇の中で横たわる亡骸が飛び込んできた。

「紅里（あかり）ぃ！　どうしてこんな姿に……」

慌てて駆け寄り、力なくグッタリしている彼女を両手で抱き寄せる。着ているスーツが汚れようが、そんなことはどうだっていい。

「お願いだ、返事をしてくれ！」

都会の生活に憧れ、大学受験と共に田舎を飛び出して早十年。立派なアラサーの社畜となった俺は、実家へ帰りたいと毎日のように泣いていた。そんな自分の癒しとなっていたのが、愛する妻（ベランダ菜園のミニトマト）だったというのに！

「俺たちの子供（果実）が大きくなったねって、昨日まで一緒に喜んでいたじゃないか……！」

それが出張を終えて帰宅してみれば、この惨状である。可哀想に、濃いグリーンの葉なんて、萎（しお）れて痛々しい姿になってしまった。だが俺を襲った悲劇はそれだけではなく――。

「そんなっ。紫苑（しおん）、翠（みどり）……！」

他の鉢植えにあったナスやピーマンまで萎びているだと⁉

嘘だろ、愛称までつけて種から大切に育てていたのに……今年の夏は異常な暑さだと聞いていたが、まさかたった一日で枯れてしまうとは。くそっ、この世に神はいないのか⁉

「うぅっ。俺が出張になんて行かなければ、こんなことには……」

そもそも製薬会社の営業マンって仕事がハード過ぎるのがいけない。

病院のドクターに薬を売り込むのが俺の仕事なんだが、頭のいい先生たちを納得させるためには当然、薬の知識が山ほど必要になるわけで。元々文系で医学に疎かった俺は、入社してから六年経った今でも日々の学習に追われ続けている。今日だって、会社命令で地方の学会に参加してきたところだった。

本来なら出張先で一泊するところを、嫁（野菜）たちが心配という理由で、最終の新幹線で帰らせてもらったのだが……はぁ、間に合わなかったか。

「あー、もう鬱だ。こうなったらヤケ酒でも飲んで、ふて寝するしか……ん？　なんだ？」

冷蔵庫にストックしてあるビールを取りにいこうとしたところで、ズボンのポケットに入れていたスマホが震え出した。

電話か？　表示は……田舎の実家？

「はい、もしもし。あぁ、母さんか。どうしたの？」

電話口から聞こえる実母の声で我に返った俺は、腕の中の紅里（ミニトマト）をそっと床に置いた。

「あー、来週？　悪いけど、今回も帰省は無理そうなんだよね」

用件はお盆休みの確認だったらしい。こちらがやんわりと断ると、「またなの？」と呆れた声色へと変わった。

……この感じ、なんだか懐かしいな。

マシンガンのように続く有難いお叱りを聞き流しつつ、俺はベランダの手すりに背中を預けて空を見上げた。建物という額縁に切り取られた都会の夜空は狭く、輝く星たちもいない。真っ黒な背景に孤独な月がひっそりと浮かぶ、物寂しいキャンバスがただあるだけだ。

「え？　恋人？　違うよ、仕事だって。今も出張から帰ってきたばっかりでさ。疲れたから、酒でも飲んで寝ようかと思っていたところ」

そんな愚痴をこぼすと、今度は心配そうな声が返ってくる。

「あ、いや……大丈夫、ちゃんと食べているよ」

もちろん、真っ赤な嘘だ。昼はだいたいカップ麺かおにぎりだし、夜はコンビニ弁当ばかり。栄養なんて考える余裕はない。

だけど声を聞いていたら、母さんの肉野菜炒めが急に食べたくなってきた。農家をやっているだけあって、これまた野菜が美味いんだよなぁ。

「仕事が落ち着いたら、こっちから連絡するからさ。親父にもよろしく言っておいてよ。……

うん、うん。それじゃまた」

　このままだといずれボロが出そうなので、適当に話を終わらせて電話を切ってしまった。

……はぁ。なにが悲しくて、実の親にこんな嘘を吐かなきゃならんのか。

「そりゃあ俺だって、帰れるなら実家に帰りたいよ」

　夕焼け色に染まる稲穂の絨毯(じゅうたん)に、忙(せわ)しないセミの声。家に帰れば畳の部屋に寝転がって、婆ちゃんと一緒にテレビの大相撲を見ていたっけなぁ。

　懐かしい記憶を振り返ると、無邪気だったあのころが一番幸せだったように思える。今じゃ仕事と勉強に追われ、プライベートな時間もまともにとれない日々だしね。

「それに、父さんのことも心配なんだよな……」

　母さんいわく、このところ父は足を悪くして寝てばかりらしい。前に会ったときは、元気に畑を耕していたのに。

　いやいや、何を弱気なことを考えているんだ。ここで俺が出戻ったところで、なんの解決にもならんだろう。

　我が儘(まま)を言って農家を継がずに、都会へ出てきたんだし。今さら逃げ帰るわけにはいかない。ここで立派にやっていくことがなによりの恩返しだ。

「それに……瑚乃葉(このは)ちゃんとの約束もあるしな」

　スマホの待ち受け画面に表示された、少女とのツーショット写真。高校生ぐらいの彼女は制服の代わりに薄青色の病衣を纏（まと）っている。それでも暗い表情など一切せず、満面の笑みでピースをしながら、画面越しに俺を見つめている。

この子と出逢ったのは、俺がまだ新人だったころ。当時の俺は、営業のノルマを達成することばっかり考えていて、売った薬がどんな人に届いているかなんて、まるで頭になかった。

そんなときに知り合ったのが、営業先の病院で入院していた瑚乃葉ちゃんだった。病気と闘う彼女を間近で見ているうちに、やがて俺は自分勝手な考えを改めた。

残念ながら、数年前に瑚乃葉ちゃんは亡くなってしまったけれど……この子と出逢えたおかげで、彼女みたいに病気で苦しむ患者さんのために、より良い薬を届けたいって思えるようになったんだ。

だからこうして今も俺は、どうにか社畜生活を頑張れているのだが……。


「きゃああ！」

なんだ？　ベランダで物思いにふけっていると、右隣の部屋から唐突に悲鳴が上がった。

「俺という彼氏がいるのに！　どうして他の男なんかと会うんだよ！」

「誰が彼氏ですか！　ただのストーカーのくせに、私の部屋へ勝手に入ってきて……警察を呼びますからね！」

おいおい、カップルの喧嘩か？　と思いきや、女性の言葉から察するにそうじゃなさそうだ。

気になった俺は、仕切りの壁から頭を出してみた。覗き見るのは犯罪だが、さすがに今は緊急事態だからしょうがない。

偶々なのかベランダの窓は開いており、隣室の様子が窺えたのだが――、

「そうやってお前も、俺を捨てるのか……？」

「ちょ、ちょっと!?　なにをするつもり!?」

なんと黒パーカーの男が、刃が剥き出しの三徳包丁を肩掛け鞄から取り出すところだった。

一方で隣人の女性は恐怖で腰を抜かしたのか、その場にへたり込んでしまう。

やべぇ、このままじゃ死人が出るぞ!?

「通報……ダメだ、それじゃ間に合わねぇ！」

そこからは完全に無意識の行動だった。気づけば俺は、手すりを乗り越えて隣のベランダへと向かっていた。そして床で完全に硬直している女性の隣を抜け、包丁を向けてこちらに走りくる男の前で両手を広げた。

「ってぇ……」

ドン、と重い衝撃を受けた直後、腹の中心に熱を感じた。

――いたい。

――くるしい。

だけど床を転がり、のたうち回ることしかできない。

すると俺を刺した犯人は溢れ出る血を見てビビったのか、「うわぁあ！」と喚きながら玄関の外へと逃げていった。

「だ、大丈夫ですか⁉」

隣人さんはまだ立てないのか、床を這うようにして俺の元へやって来た。声は震えているし、可哀想に顔なんて涙でグチャグチャだ。途中で救急車、と気づいたのか、彼女がスマホに手を伸ばしているが……もうダメだ。俺の意識はもう、どんどんと遠くなっていく。

「ごめん、母さん。親孝行、できなかった……」

寒い。自分の身体が急速に冷えていくのを感じる。頬を涙が伝い、硬質的なフローリングの床を濡らしていく。

これで俺の人生は終わりなのか……苦しい社畜生活も、煩わしい人間関係も、痛いのも苦しいのも、もうこりごりだ。

あぁ、もし来世があるのなら。そのときは田舎で平和なスローライフをしたいなぁ——。

＊　＊　＊

……んん、あれ？

眩しい。それに人の話し声？

ゆっくりと目を開けてみると、なぜか俺は畳の上に寝転んでいた。久々に嗅ぐイグサの匂いを不思議に感じながら、むくりと起き上がる。

十畳くらいの和室だ。部屋の中心には木目調のちゃぶ台が置かれていて、そこにお茶とミカンが並んでいる。続いて視界に入ったのは、昔懐かしい箱型テレビを眺める老婆の姿だった。

「……婆ちゃん？」

檜皮色とも称される暗い茶色の着物を纏った、白髪頭の痩せた老婆が座布団の上にちょこんと座っている。その姿を見て、「天国でまさかの再会か⁉」とも思ったが、記憶にある祖母とは顔がまるで違う。

じゃあここは、いったいどこなんだ？

「――で起きた傷害事件により、刃物で腹部を刺された二十代の男性が死亡しました。亡くなったのは現場のマンションに住む会社員の土尾練さんとみられ、警察は逃走した犯人の行方を……」

解像度の荒い画面に映る男性キャスターが、そんなニュースを淡々と読み上げている。ちなみに土尾練とは俺の名前だ。ってことは……。

「お察しの通り、お主はこの事件で死んでしもうたよ。つまり今のお主は魂の状態、というわけじゃな」

湯呑の中身をズズズと飲みながら、お婆さんは横目で俺を見た。皺だらけで目は細いが、やけに眼光が鋭い。

　あー、やっぱり死んだのか。でも手足はあるし、刺された腹の痛みもない。なんだか妙な感覚だな。たしかにショックだけど、それよりも死後の世界があったことの方に驚いている。

「じゃあここは天国？」

　少なくとも地獄ではなさそうだが……あれ？　これってまさか、創作話でよくあるような、異世界転生ってやつの流れじゃないか？　ってことは、このお婆さんはもしかして――。

「ふふふ、察しが良いの。儂は女神サクヤ。実はお主に頼みたいことがあってな。魂を儂の神域に呼ばせてもらったというわけじゃ。……なんじゃ、その『えぇー？』って顔は」

「い、いやそんなことは別に……」

　こちらにジト目を向けているサクヤ様から、スススと視線を逸らす。この人に睨まれると、心を見透かされていそうで妙に怖いんだよな。

「ふんっ。さてはお主、『こういう転生イベントの女神様って普通、美人なお姉さんが定番なのに』とか失礼なことを考えておるんじゃろ。悪かったな、見た目がヨボヨボの婆さんで」

　凄い、バレている。あまりにも正確に本音を読まれてしまい、ウッと息が詰まりかけた。だって女神というより、死神と言われた方が納得できる容貌なんだもの。

「まったく……まぁよい。それよりも、ここに呼び出した理由を説明するぞ？」

「は、はい」

「お主にはまず、儂が管理しておる世界に転生してもらう。そこでとある重要な使命を果たしてほしいのじゃ」

サクヤ様は声のトーンを落としながら、俺の目を真っ直ぐに見つめる。

ていうか『儂の管理している世界』だって？　サクヤって日本人っぽい名前だけど、地球の神様じゃなかったのか？

それに重要な使命ってなんだろう。まさか勇者になって魔王を倒せ……じゃないよな？

悪いがそれならお断りだ。武道の経験なんて、高校の授業でやった剣道ぐらいだし。ビビりな俺に、危険な戦いなんてできっこない。

「安心せい。お主にやってほしいのは、枯れた大地に緑を満たし、豊穣神である儂の威光を広めることじゃ」

「……え？」

「いわば、土地の再開発じゃな」

どういうことだ？　思ったよりもだいぶ平和的なお願いだったぞ？

それにサクヤ様って豊穣の神様だったんだ。でも見た目で連想するのは、豊穣っていうよりも枯れ木なんじゃ……おっと、また睨まれてしまった。

「命拾いしたな、口に出していたら問答無用で地獄に落としておったわ」

セーフセーフ。口は禍（わざわい）の門っていうが、危うく地獄の門をくぐらされるところだったぜ。

「……だがお主の感想もあながち的外れではない。非常に不本意ながら、な」

「え?」

サクヤ様は溜め息を一つ吐いてから、伏し目がちに事情を語り始めた。

「儂は『生命の樹』と呼ばれる神樹を通じて、豊穣の力を世界にもたらしておってな」

「まさかその『生命の樹』とやらに問題が?」

「その通り。原因不明の理由で枯れてしもうてな。それから大地が荒れ始め、豊穣神を信じる者は急速に減っていったのじゃ」

うわぁ、それは御愁傷さまだ……。

「神力の源である信仰心が薄れたことで、ピッチピチだった儂もこの通りというわけじゃ」

顔の皺をさらに深めて悲しそうにするサクヤ様。いやピッチピチて。そういう口調がもうお婆さんじゃないですか。だけどまぁ、心は乙女なのだろう。深掘りするとまた逆鱗に触れそうだし、これ以上は考えないようにしよう。

ともかく、なんとなく事情は把握した。だけど具体的に俺はなにをすれば?

「お主が死の間際に願ったことは儂に届いておる。『来世があれば田舎でスローライフがしたい』のじゃろ?　ただそれを叶えればいいだけじゃよ」

——え?　あぁ～、たしかにそんなことを考えていたような?

でもそんなことでいいんですか?

「儂らの世界は、学問や技術があまり発展しておらぬ。ゆえにお主が持つ農業の経験や知識は絶大な力を持つ。それらと神が与える加護を上手く使えば、枯れた大地に緑を取り戻すこともいずれ可能になるじゃろう」

えぇ～本当かなぁ？　そんな簡単に上手くいかない気がしますけれど。

「って待ってください！　今、神様の加護って言いませんでした？」

おいおいおい。サクヤ様の口から、聞き捨てならないワードが飛び出してきたぞ？

「そうじゃ。儂らの世界では、神の加護としてすべての者にジョブを与えておってな、職業に準じた便利なスキルを使うことができる。お主は儂の使徒となるわけじゃし、なにか特別なものをくれてやろう」

おぉっ⁉　それってまさか、チートってやつじゃないですか！

「ふふふ。そして見事目的を達成した暁（あかつき）には、お主が飛んで喜ぶような褒美も用意してある」

うっひょー、それなら話は別ですってば！　前世では酷い最期を迎えてしまったけれど、神様直々の加護があるなら、今度こそ幸せな人生を送れるのでは？

「よし、やる気になったようじゃし、さっそく転生させるとしよう」

サクヤ様はうんうんと機嫌が良さそうに頷くと、パチンと指を鳴らした。すると同時に、俺の全身が淡くぼんやりと光り始めた。

うーん。出逢ったばかりなのにもうお別れか。そう思うと、なんだかちょっと寂しい。

「あ、そうだサクヤ様」

「ん？　なんじゃ」

自分の身体が足先から光の粒子になって解けていく。その様子を見下ろしつつ、俺はサクヤ様にとあるお願いをすることにした。

「達成したときのご褒美なんですけど……それって、他の人に譲渡できませんか？」

「……時と場合による。内容を言うてみい、手短にな」

一瞬でサクヤ様の目が鋭くなった。でも俺は怯まずに言葉を続ける。

「その相手っていうのは、田舎にいる両親なんです」

言うまでもなく、俺はとんでもなく親不孝なバカ息子だ。だけど死んだと知った母さんたちはきっと、深く悲しんでいると思う。

「両親から俺に関する記憶を失くしてほしいんです。できれば最初から、この世にいなかったことに――」

「それはできぬ」

ちょ、ちょっと待ってくれ。まだ話も途中だっただろうが！

「な、なんでだよ……神様ならそれくらいできるだろ⁉」

「魂ある者を存在しなかったことにしろじゃと？　たとえ其奴がどんな人間のクズであろうと、それは世界の理に反する。いくら神でも許されぬ行いじゃぞ！」

明らかなる拒絶。サクヤ様から有無を言わせぬ圧を感じた。

こうしている間にも、固く握りしめた自分の拳が消えている。話せる時間はもう残り僅かだろう。

「そんな……どうしてだよ……」

湧き起こる感情の行き場に困って俯いていると、サクヤ様は小さく溜め息を漏らした。

「あまり気に病むでない。他人を救ったお主の善行を、ご両親は誇りに思うじゃろう。悲しみもいずれは薄れるじゃろうて」

「……そう、でしょうか」

「お主の気持ちは十分に理解した。儂のできる範囲で努力してみよう」

さっきとは打って変わって慈しみに満ちた、優しい口調だった。俺が顔を上げると、サクヤ様は困ったように「あぁもう、別れ際にそんなシケた顔をするな」と苦笑していた。

……ここで意地を張っても仕方ないか。そもそも俺が勝手に死んだのであって、サクヤ様に八つ当たりすること自体がお門違いなんだし。

「分かりました。両親のこと……どうかよろしくお願いいたします」

「儂に任せておけ。ともかくお主は異世界を楽しんでこい。その方が両親も安心するじゃろう」

「そっか……きっとそうですよね！」

サクヤ様の言う通り、やり直せるチャンスだしな。今度はきっと上手くやれるさ！

そう考えた途端、ようやく転生への期待感が湧いてきた。

ふひひ、待ってろよ異世界。スキルで美味しい野菜をたくさん育てて、夢だったスローライフを満喫するぞ！

「さぁ、ゆくが良い。願わくば、お主の新たな人生に幸多からんことを——」

手を合わせて祈る女神サクヤ様に見送られながら、俺の身体は光の粒子になって完全に消えた。

第一章　天はチートを与えず

気づけば転生してから、すでに数年の歳月が過ぎていた。

というのも五才の誕生日である本日、めでたくも前世の記憶が甦ったのだ。ちなみに物心がつくまでの記憶はぼんやりとだが覚えていて、現在はすべての記憶が融合された感じだ。

てっきり生まれた直後から自我が芽生えるものだと思っていたけれど、冷静に考えれば赤ん坊の状態じゃロクに動けもしないわけで。もしかしたら女神サクヤ様が気を使って、このタイミングにしてくれたのかもしれない。

そうそう、サクヤ様に感謝といえばもう一つ。

両親の寝室で、俺は母親の鏡台に映る自分を前に一人呟いた。

「これは当たりなんじゃないか……？」

今世での名前はコーネル＝ジャガーというらしい。なんとサンレイン王国にある、ジャガー男爵家の次男坊だったのだ。

下級とはいえ貴族の子供にしてくれるなんて、サクヤ様もサービス精神が旺盛である。

ちなみに外見はというと、ちょっと癖のある金髪にクリッとした青色の瞳をした、愛嬌たっぷりの顔立ちをしている。加えて五才児らしいぷにぷにの肌に小さな背丈だ。無邪気な笑顔でお願い事をされたら、なんでも言うことを聞いてあげたくなる愛らしさがある。

嗚呼、我ながら最高のショタに生まれたんじゃなかろうか。

それもこれも、親の遺伝子のおかげである。今度の両親は目鼻立ちのクッキリした外国人顔。高身長で美形だし、これなら自分の成長した姿に期待で胸が膨らむというもの。

ここまで恵まれていると、ジョブとスキルも気になってくる。ちょうど五才になった段階で神様からジョブを貰えるらしいし、もしかしたらすでに、なにかしらのスキルを習得しているかもしれない。

「ふっふっふ、ついに俺のチート生活が始まるってわけだな」

おっと、つい頬が緩んでしまった。ボクは今、純粋無垢なコーネル君なんだし、年相応の振る舞いと言葉遣いを心掛けなくっちゃ。

前世の知識も扱いに注意だね。サクヤ様に農業のノウハウを普及させてくれと言われているけれど、出る杭は打たれるというし。あまり目立ち過ぎず、平和なスローライフを目指そう。

「よし、それじゃまずは確認作業をしよう。そうだ、お外でスキルを試すついでに、これから耕す予定の畑も見てみたいな」

これまでのコーネル君は、滅多に家の外へ出させてもらえなかった。というのもこの世界には、猛獣とは比べ物にならないほど凶暴な魔物がいるようで、軽々しく散歩もできないらしい。

特にこのジャガー男爵領は人の少ない辺境ゆえに、討伐されていない魔物が多いんだとか。

「でも外出チャレンジをするなら、今が絶好のチャンスなんだよね」

本日は我が家に大事なお客様が来ていて、両親はそちらにかかりきり。一番上のお姉ちゃんは出稼ぎに出ているし、お兄ちゃんは自分の部屋に引き籠もって出てこない。

つまり、やるなら今しかない！

というわけでさっそく部屋を出て階段を下り、こっそりと玄関へ向かう。

貴族の家といっても日本のちょっと大きい田舎の一軒家ぐらいの広さしかないし、使用人さんもいない。内装だってあちらこちらがボロボロだ。素人が壁の穴を板で塞いだような形跡すらあるし、どこからか埃っぽい隙間風が吹いてくる始末だ。ここまで酷いと、本当に貴族家なのか不安になってくるんだけど……。


「さてさて、ついに異世界とのご対面だ」

どうにか誰にもバレずに、玄関までやって来ることができた。途中で応接室の壁越しにボソボソと話し声が聞こえていたけれど、今は盗み聞きをしている場合じゃない。興奮を抑えきれないボクはワクワクしながら、ドアに手を伸ばし――、

「あら、ネルちゃん。私に黙ってどこに行くつもりなのかしら？」

「ふあっ⁉」

だ、誰だ⁉　身体をビクッとさせながら声のした方を振り返ると、自分と同じ碧眼の女性と

目が合った。

「母さん⁉」

ウェーブのかかったロングの金髪と、シンプルめな赤いワンピースの裾を優雅に揺らしながら、その人物はこちらにゆっくりと近づいてくる。

彼女はボクの母親であるレイナ＝ジャガーだ。アラフォーだけどとにかく若々しくて、二十代でも通るような容姿をしている。

「母・さ・ん・ですって？　嫌だわ、私の可愛いネルちゃんが急に大人びた言葉遣いを……」

「き、聞き間違いだよママ！　それよりどうしてここに？　お客様の相手はいいの？」

さっきまでパパと一緒に、応接室にいたはずだよね⁉

「だってネルちゃんの不穏な気配を察したんだもの。ママ、慌てて飛んできたわ」

「え？　気配？」

「そうよ。たとえ視界にいなくとも、子供の居場所なんてママにはお見通しなんだから」

ムフー、と自慢げに胸を張るママ。正直、親の威厳よりも何倍も可愛さが勝っている。

いやいや、待って？　なんか今、さり気なく恐ろしいことを言われた気がするぞ……。

そういえばこのママ。可愛らしい見た目に反して、怒らせると人が一八〇度変わるんだっけ。

自分が怒られたことはまだないけれど、男爵家の当主であるパパが一方的に叱られているところを何度か見た記憶がある。

（この人だけは怒らせちゃまずい……）

それだけは確信できる。ボクはパパと同じ目に遭いたくないし、ここはどうにか穏便に誤魔化そう。

「えぇっと。どんなスキルを貰ったのか、お庭で確かめてみようかと……」

「んー、ネルちゃんの気持ちは分かるけれど、お外はとっても危ないのよ？　だからそれは、あとでパパと一緒に試しましょうね」

くっ、ダメか？　だが簡単には諦めないぞ！

「お庭で土遊びするだけでもダメ？　ボク植物が大好きだし、お花とか見てみたい！」

こうなったら渾身の必殺技、『ショタのおねだり～上目遣いを添えて～』である。すると効果てきめんだったのか、ママは目を大きく見開いた。これは成功したか——と思いきや、すぐに悲しそうな表情へと変わってしまった。

「ネルちゃん。まだ幼い貴方には教えていなかったけれど……この呪われた土地ではね、お花や野菜は育たないのよ」

「えっ……？」

いやいや、なにを言っているの？　植物も育たない場所でどうやって暮らすのさ。

しかもなんだ、呪われた土地って。サクヤ様はそんなこと言っていなかったよ？

「口で説明しても理解できないわよね。それじゃあ少しだけ、ママと一緒にお外を見てみる？」

そう言ってママはボクの隣に来ると、玄関のドアを静かに開け放った。

「――えっ？」

徐々に露わになる光景に、ボクは思わず言葉を失くしてしまう。

どこまでも続く不毛の荒野。目の前に広がっていたのは、まさに死の世界だった。

「こ、これは……」

「もう少し外で見てみましょうか。ママから絶対に離れないでね？」

口をポカンと開けて呆然としていると、ママはボクの手を引いて、ゆっくりと外へ踏み出した。

乾いた風が吹き、かすかに砂埃の匂いがする。照りつける太陽の眩しさに目を細めながら、ボクは辺りをゆっくり見渡した。

「なんだよ、これ」

屋敷の周りは村なのだろう。だけど茶色い地面の上に数軒の家がまばらに立っているだけで、雑草すら一本も生えていない。他には、はるか遠くで雲の上まで伸びる黒いタワーが……。

「あれは生命の樹だったものよ」

「真っ黒いアレが!?」

「そう。そして神木から豊穣の恵みが消えた今、あの木の周囲一帯は、神様に見捨てられた魔境といわれているわ」

かつてここは、生命の樹を中心にたくさんの緑で溢れていたとママは言う。

だけどある日突然、生命の樹は枯れてしまった。すると地中から邪悪な瘴気が溢れ出し、地上の生命を次々と奪い始めた。

瘴気が蔓延した後に残ったのは、心のない恐ろしい魔物と、どうやっても耕せない呪われた大地だけ。瘴気による侵食は今も広がりつつあり、ボクたちの王国を徐々に蝕んでいるんだとか。

でも耕せないってどういうことなんだろう。有毒物質の汚染や、単なる砂漠化なら、わざわざそんな表現はしない気がするけれど……。

ボクが不思議そうに首を傾げていると、ママは地面に転がっていたなにかを拾い上げた。

なんだろう、先の尖った小石？

「見ていてね……えいっ」

可愛い掛け声と共に、ママはその拾った小石を地面へと叩きつけた。

「な、なにこれ……」

普通の土なら石が刺さるか、多少は抉れるだろう。だけど今のはなんだ？　小石を弾き返したぞ？　それも土とは思えないカキンッという金属音を鳴らして。

「すっごいカチコチでしょう？　とてもじゃないけれど、これじゃあ畑を耕せないわ」

ママはしょんぼりと肩を落とした。ちなみにスキルを使ってもダメらしい。過去に王国の屈強な騎士や優秀な魔法スキル使いがどうにかしようと試みたんだけど、彼らは小さな窪みひとつ作れなかったらしい。

なるほど、だからそれで『神様に見捨てられた土地』なのか。いや、実際には見捨ててはいないんだけれど……って、サクヤ様はこんな場所で農業を広めろっていうのか？　いくらなんでも無理でしょ！

「この国の王様も頭を悩ませていてね。そこでパパに白羽の矢が立ったの。どうにかして元の土地に戻せないかって」

「えぇ？　さすがに無茶ぶりじゃない？」

「そうよねぇ。それでもママたちは十五年近く、いろいろと試してきたんだけれど……」

たしか一番上のお姉ちゃんが今、十八才だったはず。ということは幼い子供を育てながら、こんな危険な土地で頑張ってきたのか……。

「ごめんなさいね。もっとお金に余裕があれば、ネルちゃんにお腹いっぱいご飯を食べさせてあげられるんだけど」

国からの援助はあるものの、それらは領民に回しているため、家計は火の車。食料を満足に調達するお金がない。

ママはボクの頬に荒れた手を当てながら、申し訳なさそうに事情を説明してくれた。

「ママ……」

そんなささくればかりの手に、俺は覚えがあった。うだるような暑さの夏も凍える冬も、過酷な農作業をこなしつつ、しっかりと愛情を向けてくれた、前世の母の手だ。だからこそ現世のママも、長い間苦労してきたのが伝わってきた。

「ママはその……今の生活が辛くはないの？」

そんなボクの問いに、ママはキョトンとした後、

「――辛いに決まってるじゃない」

と、さも当然のように答えた。

「だ、だったらさっさと諦めて、他の土地に移住を……」

「でもね。ママには貴方や他のみんながいる。大好きな人たちが一緒だから、辛いと思うよりも私は今、とっても幸せなの」

そう言ってボクを優しく抱き締めた。

「それに頑張っているのはパパも同じ。だからママもまだ諦めないわ」

「パパが？」

「そうよ。今も隣領の侯爵様に、援助のお願いをしているところなの」

ということは、今日来ているお客様というのは、その侯爵様だったんだね。

後ろを振り返り、一階にある応接室の窓を見上げると、カーテン越しに誰かが頭を下げているシルエットが目に入った。聞き覚えのある声で「領民のためにどうかご援助を」という切実

な嘆願も聞こえてくる。

「さぁ、そろそろお家に戻りましょうか」

「……うん」

まだ完全に納得できたわけではない。でも反抗する気になんてなれなかった。

ママは困ったような顔でボクを見ていたけれど、すぐに普段の笑顔へと戻った。

「そうだ。今日はネルちゃんのお誕生日だし、お祝いにママの宝物をあげちゃうわ」

宝物？　宝物ってなんだろう？

ママは首を傾げるボクの手を取り、家の中へ。そして寝室に向かうと、鏡台の引き出しから
なにかを取り出して、ボクの両手にそっと乗せた。

「わぁ……」

手のひらに転がる二個のビー玉。否、この世界の宝石だった。それぞれ赤と青にキラキラと
光っていて、とても綺麗だ。前世でいうところの青いサファイアや赤色のルビーとも似ている。

「これは魔石っていってね。とても貴重なものなのよ」

「ませき……？」

初めて聞く単語に戸惑っていると、ママは魔石について教えてくれた。

なんでもこれは、魔物から採れる不思議な石なんだとか。人が呼吸をするように、魔物は瘴
気を吸って生きている。その瘴気が魔物の体内で蓄積されていくと、このような結晶になるん

だって。なんだか人間の胆石や尿管結石みたい……なんて思ったけど、黙っておこう。

「そう簡単に魔石にはならないの。結晶になるまでには、たくさんの瘴気や時間が必要になるのよ」

「ってことはつまり、魔石がある魔物は強いの？」

「正解！　ネルちゃんはママに似て頭が良いわね～」

簡単に思いつくことを口にしただけなのに、よしよしと頭を撫でられてしまった。

見た目は子供でも中身は大人なので、かなり恥ずかしいな。かといって拒むのも変だし……

うぅ、顔が熱くなりそうだ。

それにしても綺麗な石だけど、アクセサリーにでも使うのかな？　と思ったら、これは一般的に魔道具の燃料として使われていて、王都なんかじゃ高値で取引されているそうだ。

それじゃあこの魔石も相当お高いんじゃ……。

「結婚する前にね、パパからプレゼントしてもらったの。あの人はこれを手に入れるのに苦労したって笑っていたわ」

「えっ!?　そんな大切なもの、ボクが貰っちゃっていいの？」

「いいのよ。ネルちゃんが必要だと思ったときに使ってちょうだい」

ママはボクを膝の上に乗せると、私にとっての一番の宝物は貴方たちなんだから、といってそっと頬にキスをした。

なんだよもう、ボクの母親は女神様の生まれ変わりなのか⁉︎

そうしてしばらく、ボクは嬉しい気分に浸りながらママと談笑していた。実母に甘えるなんて、前世の記憶が邪魔して最初こそ気恥ずかしかったけれど……レイナという人物があまりにも包容力に溢れているおかげで、不思議と慣れてしまった。

うぅむ、母性おそるべし。でも心休まる時間っていうのは、こういうのをいうんだろうな。

だけどそんな楽しい時間は突然、終わりを告げてしまう。

バンッと扉が開いたと同時に、情けない叫びを上げる男性が部屋に飛び込んできたのだ。

「レイナぁあ〜！　疲れたよぉおお」

「あら、パパじゃない。お疲れさま」

ママはボクを膝の上に抱いたまま、嬉しそうに目を輝かせる。

話し合いは終わったのかなと思っていると、立ったままボクを見下ろしているパパと目が合った。え、なに？　大柄な男に無言でジッと見つめられると怖いんですけど。

「こら！　実の息子に嫉妬するんじゃありません」

「うぅ、だってぇ……」

な、なんだか気まずいな。なにかを感じ取ったボクはママのそばを離れると、入れ替わるようにパパがママに抱きついた。いや、行動が早いな⁉︎

しかも見事なまでのドヤ顔をボクに向けている。ママのことが大好きなのは分かったけれど、いくらなんでも大人げないぞ。それに交渉は上手くいったの？

「ふふふ、聞いてくれ二人共。モージャー侯爵から莫大な資金を借りられたぞ！」

「えっ、それって返済する必要があるのよね？　大丈夫なの？」

「一か月で返す必要はある。だがウチの領で農業ができるようになれば、借金なんてすぐに返せるさ。そのための秘策もちゃんと用意したしな！　がははは」

「もうっ、また調子のいいことを……お金のやりくりをする私の身にもなってよねパパ」

ママはそう言いつつも、猫のようにすり寄ってくるパパの頭を撫でている。パパもパパだけど、ママも中々に甘い。

それにしても、ボクのパパってこんな人だったっけ？

たった一代で貴族にまで成り上がった凄い人。自分の中では、そんなイメージだっただけに、ギャップからくる衝撃が大きいんですけど。

外見だって身長は一九〇センチ近いし、ガタイも良い。ダンディな顎髭（あごひげ）も相まってかなりのイケオジなのに……。

「うぅ、貴族の相手しんどい！　今日はもう仕事しない！　レイナに癒されたい……」

「はいはい。頑張ったパパは偉いわね～」

「レイナぁ～しゅきだよぉ～」

はぁ、こんな調子で本当に大丈夫なのかな。一番上のお姉ちゃんが出稼ぎをしてくれているけれど、それだって男爵家を建て直すほどの期待はできないのに。

……とはいえ、立場が上の人との交渉事が大変だってのはよく分かる。パパを見ていると、営業職だったころの自分を思い出して同情の念が湧いてくる。

「……余計なお世話だろうけれど、なにもしないよりはマシかな」

保険は多い方が良い。幼いボクが打てる手は少ないけれど、今やれることはやっておこう。

「あら、ネルちゃんどこに行くの？」

「キッチンでお水を飲んでくる！」

その場で適当に考えた嘘で答えると、イチャつく両親を背に部屋を飛び出した。

小さい足をシャカシャカと一生懸命に動かし、目的の人物がいるであろう場所へとひた走る。

お願い、頼むから間に合ってくれ……って、あそこにいるのは!?

「ったく。どうして侯爵の俺が、わざわざこんなクソ田舎なんぞに出向かにゃならんのだ」

「ブヒョヒョッ。まぁまぁ、マニーノ様。閣下が魔境を直々に訪れ、援助をしたと聞けば、国王陛下の憂いも軽くなるでしょう」

「ふんっ、相変わらずハラブリン商会の会長は口が達者だな」

良かった、ギリギリでセーフだ！　玄関から出たところに彼はいた。商人と思しき男性と一緒に、馬車へ乗ろうとしているところだった。

「ま、待ってください！」

「――ん？」

慌てて声を掛けると、二人はこちらを振り返る。

「なんだ、男爵のところのガキじゃねぇか」

立派な顎髭をもじょりと触りながら、鋭い眼光でボクを見下ろす巨漢の男性。

彼こそが王国の中でも屈指の広さを誇る耕作地を持つ、マニーノ＝モージャー侯爵だ。

真っ白なワイシャツに上質な生地のベストを身に纏い、宝石付きの指輪をいくつも手に嵌めている。見るからにお金持ちって感じだ。

若干白髪の生え始めたアッシュグレーの短髪を見るに、おそらく年齢は四十代半ばくらいだろうか。自信に満ち溢れており、他者を見下すことに慣れている感じがある。

これが本物の貴族、それも侯爵という上から数えた方が早い貴い人……パパとはまったく違う生き物みたいだ。貫禄からくるプレッシャーに、思わずたじろいでしまいそうになる。

「マニーノ様。下位貴族の子供なぞ、相手にする必要はありませんぞ」

「まぁそういうなハラブリン。所詮は成り上がったばかりの男爵家だ。礼儀もロクに教えられておらんのだろう」

侯爵は諌めるように言ったけれど、ボクを馬鹿にしているのがありありと伝わってきた。

そして隣の男性。ハラブリンと呼ばれた人が商会長か。侯爵よりも年上……というか頭がツルツルで老け顔だから歳が分かりづらいな。

商会長は食欲が旺盛なのか、さっきから何度も手に持った布袋からなにかを取り出しては、口にホイホイと放り込んでいる。おかげで頬がパンパンだ。膨らんだお腹と相まって、不細工なキングハムスターみたい。

それにしてもすっごい嫌な言い方だなぁ。たしかに急に話し掛けたのは失礼だったかもしれないけどさ。かといって文句なんて言えるわけもなく。ムッとした気持ちを抑えつつ、ボクは用件を話すことにした。

「今日はパパを助けてくれてありがとうございました。お礼にこれを侯爵様にお渡ししたくて……」

「お礼だと?」

ボクはポケットに右手を突っ込むと、あるものを取り出した。そしてモージャー侯爵たちに見えるよう、背伸びして掲げた。

「……なんだ、これは魔石か?」

「はい。とても貴重なものだと聞きました。お返しするお金の足しになればと思って……」

そう、これはさっきママに貰ったばかりの誕生日プレゼントだ。赤と青の魔石がボクの手のひらに乗っている。渡すのは惜しいけれど、家族のためなら仕方がない。

だけどそれらを見た二人は互いに顔を見合わせると、同時に噴き出した。

「ははははは！　おい、聞いたかハラブリン。このガキ面白いぞ！」

「まったくですなマニーノ様！　まさかこんな魔石で我らに媚を売るなんて、腹がよじれて痩せてしまいそうです！　ブヒョヒョヒョ！」

馬鹿にしたように笑う二人。どちらも魔石を受け取ろうとする気配がない。それに『こんな魔石』って……パパは手に入れるのに苦労したはずなのに！

不穏な流れに焦りを感じ始めていると、でっぷりと膨らんだ腹を抱えていた商会長が、ゼェゼェと息苦しそうにしながらボクを見た。

「あんまりにも不憫なので、一つ情報を教えて差し上げましょう。魔石というのはですね、大きさで価値が決まるのですよ」

「大きさ？　……ってことはつまり」

「我が商会では数多くの魔石を取り扱ってきましたが……ブヒョヒョッ。そんな飴玉のようなサイズでは、小型の魔道具すら動かせませんよ」

やれやれと呆れた顔で首を振られてしまった。つまりこの魔石は――、

「せいぜい、色のついた石ころ程度の値しかつかないでしょうな」

そ、そんなに安いの⁉　うぅ、そりゃあ侯爵たちが受け取ってくれないわけだ。

落ち着いてみれば、そんなに高価なものをママが五才児のボクにくれるわけがなかった。よ

くよく考えれば、簡単に分かることじゃないか。

　自分の浅はかな考えに頭を抱えていると、侯爵がこちらへ歩み寄ってきた。

え、なに？　なんで近づいてくるの？　思わず後ずさりしてしまうと、彼はニヤリと口角を上げた。

「想像以上の馬鹿っぷりに思わず笑っちまったが……いいか、よく聞け。愚かで無能な親を持ったことには同情してやる。だが返済は金貨一枚たりともまけてやらんからな。期日までに全額揃えておくよう、父親にしっかりと伝えておけ」

　それだけ言うと身をひるがえし、早々と馬車の中に入ってしまった。もうここに用はないってことなんだろう。続いてハラブリン商会長がボクの元にやって来た。

「こんな呪われた土地に固執するなんて、まったくもって無謀の極みですよ」

「で、でも侯爵様のおかげでまた農業ができるって……」

「ブッヒョヒョ、我々はあくまで『できたらいいね』と応援したに過ぎませんよ。簡単に人の言葉を信じてしまうなんて、貴方たち一家は本当に頭の中がお花畑ですねぇ。そうだ、そんな貴方に相応しいものをあげますよ」

　そう言って商会長さんは手に持っていた布袋を、ボクに押し付けた。

「なんだよ、これ……」

　袋の口を開いてみると、小さな種がギッシリと詰まっていた。だけどこれは、なんの変哲もない、ただの、ヒマワリの種だ。顔を上げると、下卑た笑みを浮かべる男と目が合った。

「運が良ければ、芽が出るかもしれませんよ？　まぁ女神様も見捨てた土地で、そんな奇跡が起きるとは思えませんけどね。ブーヒョヒョ！」

　こっ、このっ……お前たちに人の心はないのかよ⁉

　あまりの屈辱で頭がカッと熱くなると同時に、自分の足が震えているのが自覚できた。

　でもここで理性を捨てちゃダメだ。もしかするとこの人たちは、ボクを怒らせるのが目的なのかもしれない。危害を加えられたとかいって、保護者であるパパが責任を問われたら――それだけは避けなきゃ。

　だからここは、込み上げてくる汚い感情と言葉を吐き出さないように耐えるしかない。

「おや、子供のくせに耐えましたか。ですがその悔しそうな顔を見られただけでも十分ですよ。それでは、失礼」

　涙を浮かべるボクを見たハラブリンは満足そうに笑うと、踏み台をギシギシと鳴らしながら豪奢な馬車に乗り込んでいく。そうして彼らは、ボクの心に深い轍を残して去っていった。

「行っちゃった……」

　一人残されたボクは、大量の種が入った袋をギュッと握りしめた。ギリギリまで我慢していた透明な雫が、地面にポタポタと落ちていく。

「じゃあ、ボクたち男爵家の未来はどうなるの……？」

援助というのは全部デタラメだった。このまま農業ができなければ、莫大な借金だけが残ることになる。そうなれば貴族としての務めが果たせず、爵位は返上だろう。領地や屋敷も失い、一家全員が路頭に迷うことになる。

あれれ？　もしやボク、五才にしてバッドエンド確定？

「どうしよう。このことをパパたちに伝えるわけにもいかないし」

イケオジが幼児退行するほど必死に頭を下げたのに、これじゃあんまりだ。真実を知れば、ママだって悲しむ。じゃあどうすれば……。

ボクは「うぅ～」と呻(うな)りながらその場にしゃがみ込み、両手で頭を抱えた。

＊　＊　＊

「くっくっく。しかし滑稽だったな、男爵家のバカどもは」

軽快に走る馬車の中。マニーノ＝モージャー侯爵は、お抱え商人であるハラブリンと共に笑いを堪えていた。

「ブヒョヒョ、まさか本当にあの魔境が畑になると信じているとは。あんな土で作物が育つわけがないでしょうに」

「だがそのおかげで、俺たちはボロ儲けさせてもらったがな」

　この二人はたしかに、ジャガー男爵へ大量の資金援助をした。しかしその対価は、『一か月以内にこれまでの貸しをすべて返済すること。さもなければ即時財産を没収し、男爵領を明け渡す』というものだった。

　貸しの総額は金貨四千枚。下位貴族なら数年は遊んで暮らせる額だ。とてもじゃないが、貧乏な男爵が一か月で返済するなど不可能である。

「誰かが助けてくれるなんて甘い考えじゃ、貴族社会は生き残れねぇのさ。今回の件は、奴にとっていい経験になるだろう」

「高い勉強代にはなりますがね、ブヒョヒョ」

　懐から葉巻を取り出すと、ハラブリンが慣れた手つきで火をつけた。さすがは商人というべきか、人にすり寄るのが上手い男だ。

「ですがジャガー男爵といえば、なにかと噂の多い男。国王陛下のお気に入りともいわれております。油断は禁物なのでは……」

　冒険者としての功績を挙げ、一代で貴族にまで成り上がった豪傑。その実力は、強大な力を持つドラゴンを倒すほどだという。

「はんっ、どうにも嘘くさい。俺もその報告を聞いたときは驚いたが、討伐したドラゴンの死体なんて、誰一人として見ていないそうじゃないか」

「そ、それはそうなのですが」

希少なドラゴンの素材が出回れば、商人の間で必ず話題になる。それがないということは、どうせ噂が独り歩きしているだけ、というのがモージャー侯爵の見解だ。

「そもそもお前だって、アイツの腑抜け具合をその目で見ただろう。情けなくペコペコするしかないヘタレ男が竜殺しだと？　はっ、笑わせてくれる。どうせトカゲの魔物あたりをドラゴンと言い張ったんだろうさ」

「ブヒョ!?　それはあり得るかもしれませんな！　なにせ男爵は学のない農民出身。魔物の見分けもできない愚か者なのでしょう」

なるほど、とハラブリンは何度も頷く。

（しかしあんな男をこの地に置くなんて、陛下はなにをお考えなのだ？　領地の管理なら俺の方が上手くできるというのに……）

胸中で募った不満を追い出すように、侯爵は葉巻の煙をふぅと吐いた。

「おい、ハラブリン。例の計画はどうなっている」

「えぇ、えぇ。首尾良くいっておりますとも。閣下こそ、この地に相応しいと国中に知らしめましょうぞ」

男爵からこの地を奪ったのち、さらなる地位と名声を手に入れる。そしていずれは王族との繋がりを……。侯爵は王城で見掛けたうら若く美しい姫たちを想像し、舌なめずりをした。

欲深き男の野望は、とどまることを知らない。

「まずは一か月後。アイツらの絶望した顔を拝むのが、今から楽しみだ」

＊＊＊

これからボクはどうすればいいんだろう。

侯爵たちが帰途についてからも、ボクはしばらく外でうずくまっていた。こんな調子じゃ、サクヤ様から託された使命だって果たせそうもない。

「ははは。ボクにできることなんて、なにもないじゃないか」

自虐的な笑いが口から漏れる。

前世でだってそうだ、ボクはなにも成し得なかった。人並みの努力もしたけれど、いつもあと一歩というところで失敗してばかり。そんな人生だったからこそ、今世ではと意気込んだけれど、結果はご覧のありさま。

「はぁ……もういっそ全部投げ出したいよ」

現実から目を逸らしたくなるけれど、どこを見渡せど荒地しかない光景に、絶望感は増すばかり。ボクはただ、この貰った新しい命でスローライフを楽しみたかっただけなのに。

種を蒔くワクワク、芽が出たときの喜び。収穫した新鮮な野菜を味わう感動……。今度こそ思う存分に植物と触れ合えると思ったのになぁ。膨れ上がった期待感が、破裂した風船のように一気にしぼんでしまった気分だ。

「そもそも土がここまでガチガチに硬化するって、いったいどういう理屈なんだろう」

せめて土が掘れたらいろいろと試せるのになぁ。前世の知識と経験があるボクなら、ふかふかで栄養たっぷりの土にできる自信がある。そんなことを考えながら地面に手を伸ばすと、

「あ、あれ？」

右手が土に触れた瞬間、違和感を覚えた。アスファルトのように硬度の高い土が、豆腐のように柔らかいのだ。それになんだか生温かい。

ってていうか、明らかに沈んでますよねボクの右手⁉

「な、なんだこれ⁉」

思わず大声を出してしまったけれど、それどころではない。このままでは沼のようにどこまでも腕が飲み込まれてしまう。

慌ててズブズブと手を引き抜くと、腕にべっとりと土が付いていた。しかもただの土ではない。ボクが前世でよく見たものに似ている。そう、これは――、

「粘土……？」

だけどそれは、男爵領にあるはずのないものだ。

「ど、どうして？」

先ほどママが小石で叩いたときは、金属音が返ってくるほどだったはず。

じゃあこれはなに？　神の奇跡？

夢じゃないかと疑いつつ、ボクは再び地面に手を付けた。今度は土を掘るイメージで指に力を入れる。

「やっぱり現実だ。泥みたいに柔らかくなってる……」

スライムのようにドロドロで、手ですくってみると指の隙間から簡単にこぼれ落ちていく。

それに地面に落ちた後もちゃんと柔らかいまんまだ。

「キッカケは……ボクがそう願ったから？」

土が掘れたらいいのに、と考えながら土に触れたからこうなったとしか思えない。

それならばと、今度は手に残っている粘土へ向けて、元に戻れと念じてみた。

「お、おぉ……！」

願い通り、ゆっくり固まっていく。しかも好きな硬度で止められるようだ。

「ってことは、ボクの意思で変えられるのか」

粘土をいろいろな形にしてみる。板型や棒状、お椀など自由自在に変化していく。

だけど美術センスが足りないのか、はたまた不器用なのか。ボクの技術では繊細なものは作ることができず、歴史の教科書にあった縄文土器や土偶みたいな不格好なものばかりでき上がっていく。うぅっ、今のところは完成度について目を瞑ろう。

「あとは要練習ということで……」

スーパーボールをイメージして作ったお団子を地面に投げてみると、ボヨンと弾んで地面を転がっていった。よし、感覚は掴めてきたぞ。

これなら畑の土だって作れるかもしれない。ふかふかした土なら植物も育つし、水だって吸収できる。まさに理想の土地だ！

「でもなんで急に、こんなことができるようになったんだろう」

考えられるとすれば、スキルしかないだろう。サクヤ様が五才になったボクにジョブを与え、そのおかげで特殊なスキルを覚えた——そう考えれば合点がいく。

あっ、分かったぞ。この粘土化のスキルで使命を果たせってことだね？

今のボクができそうなのは、子供の粘土遊び程度のレベルが低いものなんだけど……でも、うん。可能性が生まれただけでも大きな前進だ。サクヤ様から与えられた力なら、きっとなにか意味があるはず。そう信じて今はできることをやってみよう！

よしっ、と気合を入れ直し、ボクは拳を握りしめた。

「あれ？　なんだろう、これ」

その握りしめた右手の甲に、この世界の文字で小さく【練土術師】と刻まれていた。

「練土術師（クレイクラフター）？」

練土術師ってなんだ？　錬金術師じゃなくって？

いや、おそらく文字通りなんだろうけれど。このタイミングで現れたということは……。

「これがボクに与えられたジョブってこと？」

そうなると、さっき使ったスキルは《粘土工作(クレイクラフト)》ってところかな。ボクのクオリティじゃ工作というより粘土遊びだけど、まぁ良しとしよう。

それにしても随分と粘土に特化したジョブだなぁ。スキルだってどう考えても戦闘向きじゃないや。

「うーん、まぁ戦いたいわけじゃないし。畑を耕せるならそれでいいよね」

まだまだ疑問は尽きないけれど、いつまでも考えていたって仕方がない。ひとまず土を柔らかくして、畑を作ってみよう。

「そうだ、どうせならこれを蒔こうかな」

あることを思いついたボクは、小さな布の袋を持ち上げた。

袋の中身は、あの嫌味な商人がくれたヒマワリの種だ。殻はすでに取り除かれ、先の尖ったクリーム色の中身が露わになっている。

この世界で種蒔きをしたことがないし、これがちゃんと発芽するかは分からない。でもあいにくと他に種を持ち合わせていないし、数だけは大量にあるから、運が良ければ一つくらいは芽が出るかも。そう考えたボクはさっそく行動に移すことにした。

「《粘土工作(クレイクラフト)》」

地面に触れながら念じると、やはり先ほどと同じような柔らかい土になった。これで種を植えても大丈夫なはず！

空いている左手を袋の中に突っ込んで種を一粒摘まむと、右手で掘った穴の中にそっと種を放り込む。そして土で埋めて、優しくポンポンと叩いた。

あとは定期的に水を与えてやれば大丈夫だろう。男爵領で井戸は掘れないが、幸いにも村の近くを川が流れているから水の心配はいらないはず。

「どうか芽が出ますように」

仕上げに両手を合わせて、神域にいるであろうサクヤ様にお祈りをする。

さてさて、どうなるのか楽しみだ。前世と同じヒマワリなら一週間くらいで発芽するけれど、この世界でも同じかは分からない。ここは気長に待つとしよう。

あぁ、そうだ。ママたちにジョブの報告をしなくっちゃ。

——ぽこんっ。

家に戻ろうと立ち上がったその瞬間、拍子抜けするような音が足元から聞こえてきた。なんだろうと視線を下げてみる……と、地面から顔を出している小さな双葉が目に入った。

「えっ？」

いったいなにが起きたのか理解できず、思わず変な声が出てしまった。

パチクリと瞬き(まばた)を何度繰り返しても、二枚の葉っぱが間違いなくそこにある。ぷっくりとした柔肌に瑞々(みずみず)しい艶のある緑色。嗚呼、なんて可愛らしいんだろう！

「うわぁぁぁ！　芽だ！　芽が出た、やったぁ！」

思わず歓喜の声が上がる。それだけじゃ収まらなかったボクは、嬉しさのあまりその場で地面に這いつくばると、葉っぱにすりすりと頬擦りを始めて……って違う！

「いやいやいや、いくらなんでも早過ぎだってば！」

正気を取り戻したボクは、ついそんなセルフ突っ込みをしてしまう。

「しかもどんどん大きくなっているし……」

驚くべきは、今も成長を続けていることだ。茎はどんどん太く、空にズンズンと伸びていき、葉はワサワサとその数を急速に増やしていく。

――この世界の植物だから？

いや、そんな不可思議な話は聞いたことがない。

――じゃあボクのスキル？

それも違うだろう。だって粘土工作師とはなんの関係もないし。植物の知識があるからこそ、眼前で起きている現象が余計に理解できない。

今や茎なんて鉄パイプより太くなっているし、見上げてみれば背丈はボクの倍近く、二メートルを優に超える高さにまで育っていた。

花の部分だけでも、広げた傘ぐらいのサイズがあるんじゃないかな。あまりに大き過ぎて、ボクの身体をすっぽりと覆うほどの影を落としている。正直、かなりの威圧感だ。

「あ、あはは……これはさすがに予想外だ」

思わず乾いた笑いが口から漏れる。その一方で、ボクの心臓はバクバクと高鳴ってやまなかった。

ただの五才児ならビビッて逃げ出すところだけど、あいにくとボクは普通じゃない。こんな植物を自分で育てたなんて、最高にワクワクするじゃないか。こうなってくると、もっとこの不思議なヒマワリについて調べてみたくなる。

「おぉ、凄いな。種までしっかりと巨大化しているんだ」

ヒマワリといえば花の中心に無数の種が集中しているのが特徴的だ。目の前にある巨大な花もそうなのだけれど、種の一つ一つが明らかにおかしなサイズをしている。

「――よし、採取してみよう」

小さな両手を茎に回して支えにしながら、葉っぱを足場にしてよじ登る。凄い、ボクが乗ってもビクともしないや。

んしょんしょと息を吐きながら、どうにかこうにか種を一つ、花から引き抜いた。

「やっぱり大きいな」

蒔いたときは指の爪ぐらいの可愛いサイズだったのに、今は子供の手のひらほどもある。

やっぱり中身も肥大化しているんだろうか。確認したくとも殻は頑丈で、非力なボクでは割ることができない。

だけどここで諦めてなるものか。道具を使えるのが人間の強みだ。

スキルで柔らかくした粘土を矢じりのような尖った形に変えてから、最高硬度にして殻に叩きつける。それを何度か繰り返すと、どうにか殻の中身を取り出すことができた。

「うーん、見た目は巨大なヒマワリの種だな」

特に色味に変化があったとかではなく、単にサイズが大きくなっただけみたいだ。

となると次に気になるのは味だ。あまり日本では馴染みがなかったけれど、ヒマワリの種は立派な食べ物なんだよね。海外ではオヤツとして食べられているし、圧搾（あっさく）して油にもできる優秀な食材なのだ。

つまりこれが食糧として利用できれば、この荒れ果てた地に革命が起きる。そう、だから食べられるかどうかの確認は必要な行為なのだ――。

「よし、食べてみよう」

……いろいろと建前は言ったけれど、ぶっちゃけるとお腹がペコペコなのだ。さっきから自分のお腹からぐぅぐぅと音が鳴りやんでいない。

というわけで、いざ実食だ。おにぎりを食べるように両手で種を掴むと、先端の方から口に含んでみた。

「んっ？　んんんん？」

おそるおそる齧（かじ）ってみる。するとカリッという軽快な音とともに、香ばしいナッツのような味が口の中に広がった。

「食べられる……というより、普通に美味しいぞ⁉」

　お腹が膨れればいいやと味は期待していなかったけれど、とんでもない。咀嚼すれば咀嚼するほど自然な甘味を感じられて、食べるのがやめられない止まらない。本来ならローストした方が風味は良いんだろうけれど、生のままでも十分だ。

「うむむ、不思議だなぁ」

　ポリポリ、ムシャムシャと頬張りながら首を傾げる。確認のために、袋の中に残っていた普通の種と食べ比べてみたのだが、驚くほどの差があった。なんと巨大化したヒマワリの方が、明らかに味が良かったのだ。巨大化もそうだけど、ここまで味が変わるともはや別の植物に進化したとしか考えられないぞ？

「あっ……」

　考察しながらモグモグと食べていたら、あれだけ大きかったはずの種が手の中から消えていた。一粒でも満足感はあるけれど、もっと食べたいと脳が訴え続けている。

　見上げれば、数えるのも面倒になるほど大量の種が花に残っている。たしか一本のヒマワリから取れる種は数百から千近かったような。もしこれらの種をすべて蒔いたら、いったいどうなるか――。

　想像するだけで、ボクの喉元がゴクリと鳴った。

第二章　家の中の兄、弟のやらかしを知らず

――コーネルが庭で怪しげな笑みを浮かべているころ。

ジャガー男爵家の長男、エディ＝ジャガーは自室のベッドで寝転んでいた。

「お腹が空きましたね……」

蚊の鳴くような声が、カーテンを閉め切った薄暗い空間に儚く消えていった。

早く飯を寄越せ、と主張する腹の虫とは対照的な喧しさである。エディのウエストは、まるで年頃の貴族令嬢のような細さで、とてもそこから出ているとは思えない音量だ。

青白い手でお腹を押さえてみるが、大人しくなる気配は一向にない。

彼が最後に食事を取ったのは、昨日の昼のこと。野菜の切れ端が入った薄味の塩スープのみだった。いくら食が細いといえど、十七才の若い身体にはさすがに酷である。

仕方がない、とエディはベッドから出ることにした。そして獲物を求める幽鬼の如く、ふらふらと部屋のドアへ歩いていく。

「お客様は帰ったんでしょうか」

頭一つ分の隙間だけ、そーっとドアを開けてみる。分厚いレンズの入った丸眼鏡越しに、廊下をキョロキョロと見渡してみた。

──人の気配はないようだ。

安全を確認したエディは、忍び足でおそるおそるキッチンへと向かい始めた。

今日は隣領の侯爵が来ると聞いて、エディは早々に自室へ引き籠もると決めた。本来なら次期当主であるエディも同席するべきなのだが、気弱な彼は早々に逃げ出してしまったのである。

「やっぱり姉上が次期当主を継ぐべきなんですよ。出来損ないの僕なんかが頑張ったところで、どうせ無駄になるだけですし……」

魔物溢れるこの国では、戦闘系のジョブを持つ者が重宝されている。たとえばエディの父や姉たちがそうだ。

しかし彼が授かったのは【画家】だった。五才の誕生日に自身のジョブを知ったとき、エディは己の不運を恨んだ。絵を描いても買ってくれるのはごく一部の物好きだけだし、そもそも売り物になるような絵を描くにはスキル以外にセンスが必要だ。

それでもかつての彼は、絵を売って男爵家の家計を助けるんだ……という前向きな夢を持ち、王都で絵の修行をしていた時期があった。

けれど現実は残酷だった。彼には、画家としての才能がなかったのだ。苦労して得られた仕事といえば、安月給な壁のペンキ塗りという誰でもできることばかり。

そうして十七才を過ぎたころ、自分を養うのさえ困難になった彼は実家に逃げ帰ってきた。

――凡才の彼が描けたのは、叶わない夢物語だけだった。


「あら、誰かと思ったらやっぱりエディちゃんだったわ」

「――っ⁉」

キッチンの棚を漁っていると、突然背後から声を掛けられた。驚きで身体を跳ねさせた彼は、その衝撃で眼鏡を落としてしまう。

「コソコソとどうしたの。なにか探し物かしら？」

慌てて眼鏡を拾い、声のした方を振り返ると、不思議そうに首を傾げる母レイナと視線が合った。その隣には、父グレンも当然のように立っている。

……いったいどうして？

完全に気配を消していたつもりでも、レイナは息子を見つけてやって来る。もしやそういうスキルでも持っているんだろうか、とエディは実の母に戦々恐々としながら問いに答えた。

「いえ、お腹が空いたのでなにか食べ物を……と」

「そう。ならちょうど良かったわ！　私たちも食事にしようと思っていたの」

遠慮がちに告げる息子に、レイナは手を合わせてニッコリと微笑んだ。

母が料理を用意し始めてからそう間もないうちに、テーブルの上には食べきれないほどの豪勢な料理が並んでいた。

ちゃんと厚みのあるハムに危険な匂いのしないチーズ、黴の生えていないパンだってある。

久方ぶりのまともな食事は、エディの目には宝石のようにキラキラと輝いて見えた。

まるでファミレスのお子様ランチを食べに来た幼児の表情だ。配膳をしつつその様子を見ていたレイナはクスクスと笑いながら、赤ワインの入ったグラスを彼に差し出した。

「あの、これらの食事は……」

「ふふ、遠慮しなくてもいいのよ？　パパが頑張って援助をもぎ取ってきたからね。今日は奮発して、ママが秘蔵していた保存食を解放しちゃうわ！」

「おう、父さんに感謝しながら食えよ！　ワハハハ！」

両親は席に着くと、上機嫌にワインのグラスを傾け始める。

一方のエディはどこか落ち着かないのか、居心地悪そうに猫背の背中をさらにかがませてから、おずおずと食事に手を付け始めた。ブラウンの髪に空のように青い瞳という、同じ特徴がある親子だが、性格は正反対のようだ。

「そういえば父上」

「ん、なんだエディ」

数年ぶりの贅沢な食事に舌鼓を打ちながら、彼は気になっていたことを訊ねることにした。

「父上はこの呪われた魔境で、どうやって農業を再開するおつもりなのですか？」

これまでジャガー家は、この枯れ果てた土地で様々なことを試してきた。堅固な土をほぐすために、王都から有名な水魔法使いを呼んできたこともあったし、瘴気についての研究が載った高価な本を他国から取り寄せたこともあった。しかしどれも不発で、上手くいった試しなんて一度もなかった。

「そういえばさっき、パパは秘策があるって言っていたわね」

レイナはフォークに刺したピクルスへ豪快に齧りつきながら、隣に座る夫を見た。

そのとき、母のひと言を聞いたエディの背中に、嫌な汗が流れた。

（父上の秘策だって？　なんだか、すっごく嫌な予感がするのですが……）

息子のそんな心配をよそに、グレンは待っていましたとばかりに得意顔を浮かべた。

「ふっふっふ、よくぞ聞いてくれた。ちょうどいい、今ここでそれを披露しよう」

そう言って一度キッチンを後にすると、今度は木箱を両手に抱えて帰ってきた。それをテーブルの上に置くと、二人に見えるようフタをずらしていく。

「これは……ジャガイモの種ですか？」

「スコップみたいな道具もあるわね」

中に入っていたのは、淡黄色をした卵サイズの種芋だった。

そして片手で握るタイプの小型スコップ。見た目は鉄製で、柄のところには緑色の小さな石が填められている。木箱の中身は……これでおしまいだ。

以上が彼の秘策らしい。まさかスコップを使って種を埋めるつもりなのだろうか。

「まぁ聞けよエディ。このジャガイモの種はな、ただの種芋じゃないんだ」

「そう言われましても、僕の目には普通の種芋にしか見えないのですが」

引きつる顔でエディがそう言うと、父は対照的にニンマリと笑みを作った。

「侯爵が懇意にしている商人が、今回は特別にって売ってくれてな。実はこれ、迷宮で発見された魔法の種芋らしいぞ」

「迷宮⁉　あの難攻不落で有名なダンジョンの⁉」

彼らの住む大陸には、財宝の眠る迷宮がいくつかある。そこには魔物やトラップという死の危険はあるものの、人知を超えた力を持つアイテムが眠っているそうで、運が良ければ一生を遊んで暮らせるほどの富が得られるそうだ。だから戦闘や探索のジョブを持つ人たちは冒険者となり、こぞって迷宮に潜っていくのだが……。

生まれて初めて迷宮産のアイテムを見たエディは、ポカンと口を開けていた。

「そしてこっちのスコップは、どんな土でも掘れる夢のような魔道具らしい！」

「ま、待ってください父上。それだけの効果を持つアイテムに対して、どれだけのお金を支払ったんですか？」

まさか無料で、とはいくまい。それ相応の対価を支払うのが筋だろう。

震えた声で訊ねると、グレンは顎の無精髭を右手でジョリジョリさせながら「んー、金貨四千枚ぐらいかな」と答えた。

「よ、よんせんまい？　銀貨ではなく、金貨で⁉」

「ちょっと待ってパパ。侯爵様から援助してもらったお金ってまさか……」

グレンは深く頷くと、いつもの能天気な笑顔でレイナの肩をポンと叩いた。

「あぁ、そっくりそのまま使ったぜ。でもこれで畑が作れたら、ここは再び豊穣の地になる。そうすれば金なんてあっという間に返せるさ！」

どうにも不安の残る言葉だ。レイナなんて顔を真っ青にさせている。そんな母を見て、エディはいてもたってもいられず立ち上がった。

「どうして父上はいつもそんな楽観的なんですか！　これまで散々試してダメだったのに、今回だけ成功する保証なんてないでしょう！」

「いや、しかしだな……」

「そんな夢みたいなこと言って、もし失敗したらどうするんですか⁉」

そうなれば間違いなく、今よりもっと悲惨な暮らしがやってくる。それで困るのは母や幼い弟、そして領民たちである。

ずっと我慢していた不満を吐き出すように、彼の口から次々と言葉が溢れてくる。

「いつも父上はそうだ。なんでそう無計画に行動できるんですか？　もう子供じゃないんだから、夢とか理想ばっかり追いかけるのはやめてくださいよ！」

「お、おいエディ落ち着けって。仮にダメでも、父さんが魔物を狩って稼いでくればいいだろう？」

もはや父親としての威厳は消失しており、オロオロと狼狽えることしかできない。

とはいえ、エディが怒るのはもっともだ。魔物狩りで金を稼ぐ？　返り討ちにあってグレンが死んだら、男爵家はそこで終わりである。

仮にそれで今回を凌げたとしても、収入の問題が根本的に解決するわけではない。継続的に男爵家が存続していけるようにしなければ意味がないのだ。

「あぁ、もう！　どうして言っても分からないのですか！」

こうなったら、父上には現実を見て理解してもらおう。そう判断したエディは窓際に移動すると、カーテンを開きながらこう叫んだ。

「ちゃんとその目で見てくださいよ！　草も生えないこんな土地じゃ、男爵家に未来なんて……えっ？」

ピシリと時間が硬直する。彼らの視線が向くその先で、大輪のヒマワリが咲いていた。

「な、なんですかこの花は」

驚くべきはなんといっても、そのサイズだ。花の頂点から地面まで、身長が二メートル近いグレンに匹敵する背丈がある。

エディは画家を目指していたころ、絵のモチーフにするため花についてひと通り調べたことがあった。だがどんな花屋や図鑑にだって、これほどまでに大きな花はなかった。

ましてや、その化け物じみた花は一本だけではないのだ。整列した軍隊のように等間隔で何十本と並んでいる。

「あの、父上。あれはいったい……」

「あ、あぁそんな……この領で植物を見られる日が来るなんて」

グレンは息子の質問に答えることなく、フラフラと窓へ歩み寄っていく。声どころか、肩までわなわなと震えてしまっている。そして勢いよく窓を開けたかと思えば、そのまま外へと飛び出してしまった。

「ちょ、父上⁉」

「止めるなエディ！　俺は……俺はあのヒマワリを見に行くんだ！」

「それは分かっています！　そうじゃなくて、いったん落ち着いてください！」

エディは慌てて後を追うと、後ろから羽交い締めにして、なんとか父を取り押さえようとする。だが女子供にも後れを取る華奢なエディが、父に力で敵うわけもなく。彼はグレンに引きずられるまま、ヒマワリ畑までやって来てしまう。

「いったいどうなっているんだ、これは……」

「ち、父上！　あそこにいるのはもしかして」

二人の視線の先で、この事態を引き起こしたと思しき人物が、今まさに新たな巨大ヒマワリを生み出しているところだった。

＊　＊　＊

「ネル……お前は庭でなにをしているんだ？」

——はっ⁉

不意に掛けられたパパの声で、ボクは我に返った。

顔を上げれば、そっくりな驚きの表情を浮かべる二人組と目が合った。

「コーネル。この化け物みたいなヒマワリは、貴方が育てたのですか？」

「あ、えっと、そのぉ～」

エディお兄ちゃんへの返答に悩み、ついつい視線を泳がせてしまう。だけど自分の周りには、言い逃れのできない証拠がいくつもあった。

「あ、あのね？　粘土遊びをしていたら、急に穴が掘れるようになったの。それで試しに種を蒔いてみたんだけど……」

これに関してなにも嘘は言っていない。だけどお兄ちゃんは納得がいかないのか、表情はどんどんと険しくなるばかり。で、ですよね……。

「あらあら、随分と綺麗なお花畑ができたわねぇ～」

「母上、のほほんとしている場合じゃないですよ！　これは領内を揺るがす大事件ですって！」

キャッキャと喜ぶママを相手に、お兄ちゃんは目を三角にして怒っている。

「あの、その……ごめんなさい」

困らせるつもりなど微塵（みじん）もなかったボクは、あまりの剣幕に気圧されてしまった。

「あ、いや別に謝ることでは……」

「そうだぞネル！」

パパはボクの前までやって来ると、膝を折った。そしてボクと視線を合わせると、優しく微笑んだ。

「ネルは今日で五才になったし、なにかジョブを授かったんだろう。それで覚えたてのスキルを使ってみたくなったんじゃないか？」

「うん……」

「そうか。それは凄いな！　誰も成したことのない偉業を、こんなチビ助がやり遂げるなんて……さすが俺の息子だ！」

パパは大きな手で、ボクの頭をワシャワシャと豪快に撫でてくる。

前世の年齢を足せば、同じ三十代のオッサンに褒められている状況だ。……なんだかむず痒いけれど、不思議と悪い気はしない。

それからパパはヒマワリ畑に視線を向けると、感慨深そうに呟いた。

「……正直、もうダメかと思っていたんだがな」

「えっ？」

思わず聞き返してしまったが、パパはすぐに立ち上がるといつもの調子で笑った。

「いや、なんでもないさ。それよりどうやったんだ？　父さんにも見せてくれ」

「う、うん。いいよ」

なんだかはぐらかされた気がするけれど……まぁいいか。

実演をするべく、空いている土地に三人を案内した。


「《粘土工作（クレイクラフト）》」

スキルで穴を掘り、種を入れて土を被せる。何度も繰り返すうちにすっかりこなれてしまった作業だ。そうして一分もしないうちに新しいヒマワリが現れた。

「これは……凄いな」

パパはその光景を繁々（しげしげ）と眺めた後、鮮（あざ）やかなレモン色の花に触れた。筋肉ムキムキな腕でグイグイと引っ張ってみても、しっかりと根を張ったヒマワリは茎をしならせるだけでビクともしない。

その横では、ママが種を夢中になって食べていた。

「うわあぁぁ、美味しぃ〜！」

感動したように頬っぺたを押さえるママ。まるで叩き潰されたような殻の破片がママの周囲に散らばっているけれど、道具もないのにあの頑丈な殻をどうやって割ったんだろう？

「むぅ、これは認めざるをえませんね……」

納得がいかない口振りながら、お兄ちゃんも一緒になって種を頬張っている。そして興味深そうに花や茎に触れながら観察を始めた。

「本当に不思議な花ですね。……ところでコーネルは、このヒマワリの種をどこで手に入れたんですか？」

「えっと、それは……」

アッと思い、ボクは言い淀んだ。だってその種は商人から貰ったものなのだ。もし貰ったばかりの魔石を返済の足しにする気だったとバレたら、ママに怒られちゃう。きっとパパのプライドも傷つけてしまうだろうし。

「まぁ細かいことはいいじゃないかエディ。……ネルだって悪い方法で手に入れたわけじゃないんだろ？」

「も、もちろんだよパパ！」

「ならいい。それよりも、ネルが【練土術師】という素晴らしいジョブを手に入れたことを喜ぼう！　これこそまさに神の祝福じゃないか！」

おおっ、ナイスフォロー！

パパはホッと胸を撫で下ろすボクの両脇に手を入れると、そのまま一気に高く持ち上げた。

「きゃぁ！」

「うおぉぉ！　重くなったなぁネルぅ！」

「もう、やめてよパパ！」

ジタバタと手足を動かしてみるけれど……うん。このひ弱な五才児ボディじゃ、抵抗なんてできやしない。むしろ嫌がるボクの反応は、パパを楽しませる結果になっていた。


「コーネル」

なんだろう。ようやくパパから解放されたボクが地上に戻ると、エディお兄ちゃんが視線を下に逸らしながら話し掛けてきた。

「……先ほどは責めるような言い方をして、すみませんでした」

「お兄ちゃん？」

「あれは貴方のジョブに嫉妬したというか……その……」

いったいどうしたんだろう？　もしかしてボクが怒っていると勘違いしているのかな。そんなことはないのに……。

お互い気まずそうにしているのを察したのか、今度はママがやって来た。

「ねぇ、ネルちゃん。ところでそのスキルは土を掘るだけなの？」

「え？」

「粘土工作ってことは、土でなにか作れるとママは思うんだけど」

「えっと……」

パッと思い浮かぶのは、陶芸作品だ。固まれと願えば焼く工程は省略できると思う。食器や花瓶を作ってみてもいいけれど、あんまり興味がそそられないというか……。とりあえず先ほどお試しで作った土偶を見せると、三人は揃って微妙な顔になった。

「ま、まぁ五才児だもんな」

「可愛らしい魔物ね！　えっ、魔物じゃない？」

「コーネルも僕の弟だと分かって安心しました……」

エディお兄ちゃんから、同情と憐れみが交ざった生暖かい視線が送られてくる。分かっているよ、ボクの美術センスが壊滅的なのは。

「そうだ。スコップならどうです？」

スコップ？　スコップって、土を掘る道具の？

お兄ちゃんの提案に首を傾げていると、パパはなるほどとポンと手を打った。

「あぁ、アレを見本に作ればいい。シンプルな形だし、真似る練習をするにはちょうど良いだろう」

アレというのがなんの話か分からない。完全に置いてけぼりだ。

ボクがポカンとしている間にパパは家に戻り、木箱を持って帰ってきた。


「……スコップだね、うん」

パパが木箱の中から取り出したのは、まぎれもなくスコップだった。前世と同じ形、幼稚園児が砂場で遊ぶときに使うような可愛らしいサイズのものだ。

なんでこんなものを持っているのだと聞いてみれば、ボク以外の三人は互いに顔を見合わせてから、同時に視線を逸らした。え、なんなのそのリアクション。

と思っていたら、バツが悪そうにしたパパが事情を話してくれた。なんでもこれは、あの商人から購入した魔道具らしい。

「あー、なるほど」

……うん、察しちゃった。完全にニセモノだろうね、コレ。道理で変な空気になったわけだよ。そして侯爵たちがボクたち家族を馬鹿にしていた理由にも納得だ。普通に用心深い性格だったら、こんなことにはならなかっただろうに。

元凶はこの人か……とジト目で見上げると、パパは「うっ」と呻いた。

「まさか五才児にまで責められるとは……」

「とっ、とにかく！　コーネルに試してもらいましょう！」

すかさずエディお兄ちゃんがフォローを入れつつ、ボクにスコップを手渡した。

魔道具（?）とはいえ、柄に装飾がある以外は普通のスコップだ。これぐらいならボクでも作れるかも？

「《粘土工作(クレイクラフト)》」

両手で泥をすくうイメージでスキルを発動させると、小さな手にこんもりとした山ができた。

もっと土の量を増やしてみようかとも思ったけれど、身体から力が抜けていくような感覚があったので慌ててストップした。スキル発動にも制限があるのかな？

これは要検証だなと考えつつ、次は硬度の調節に入る。紙粘土ぐらいの柔らかさにしてやれば、程良く成形しやすくなった。

「おぉ、凄いな。そんなこともできるのか」

「パパも触ってみる？」

「いいのか？」

もの欲しそうに見ていたので、お団子ぐらいの大きさにちぎって渡してあげた。

「おおっ、モチモチとしていて気持ちがいいぞ！　まるで黒パンの生地みたいだ」

「気に入ってくれたのは嬉しいけれど食べないでよね、パパ」

楽しそうに粘土で遊ぶパパを横目に、ボクは目の前にあるスコップと同じ形になるよう、グニグニと延ばしていく。すると手の中にあった泥の山は次第に形を変えていき……スコップへと生まれ変わった！

「おぉ〜、やるじゃないかネル！」

「凄いわ〜、ネルちゃん」

「えぇ、十分に上手ですよ！」

「えへへ……」

三者三様の反応でボクを褒め称える。ふふん。どうだ見たか！　これがボクの実力だ！

……本当は見本よりもかなり不格好な見た目だけど、このクオリティで許されるのが五才児の特権だ。仕上げでしっかり固めたので、土を掘るという用途はしっかり果たせそう。だから細かいことはいいのだ、うん。

「よーし、じゃあさっそく試してみるか！」

「せっかくなら、この魔道具と一緒に掘ってみましょう」

「お、いいな。父さんに任せろ」

ということでパパが代表して実験することになった。

ボクが作ったスコップと、魔道具のスコップを左右の手にそれぞれ握りしめ、これらを同時に地面に突き立てるという内容だ。もし魔道具が本物なら弾かれないはずだけど、果たしてどうなるか。

さて、緊張の一瞬である。

パパは両手のスコップをゆっくり持ち上げると——地面めがけて一気に振り下ろした！

「……へ？」

「凄いわネルちゃん！」

「あちゃあ……」

結果と、それに対する周りの反応は様々だった。

右手にあったコーネル製のスコップは深々と地面に埋まっているのに対し、左手の魔道具は無残にも柄の部分から真っ二つに折れてしまっていた。

半ば予想通りではあるけれど、残念ながら魔道具の効果は発動しなかった。つまりなんでも掘れるという魔道具は真っ赤な嘘だったわけで……。

「だ、大丈夫？」

パパがあまりのショックに地面に倒れ込んだかと思えば、寝そべったままシクシクと泣き始めてしまった。いい歳した大人が……と思わなくもないけれど、これぱっかりは仕方ないか。

「もう放っておいてくれ……どうせ俺はダメな父親なんだ……」

「しっかりしてくださいよ父上。魔道具のことで落ち込むよりも、今はコーネルの作ったスコップの性能に喜ぶべきでしょう？」

「え……？」

「土の形を変えられるのは、スキルが使えるコーネルだけ。ですが工作したものならば、父上でも土が掘れたんですよ？」

エディお兄ちゃんの言葉に、ボクもハッとした。

実はスキルを使った畑作りで悩んでいたポイントがあった。それはいくらスキルがあったところで、体力のないこの幼児体型では広大な畑なんて作れないという点だ。だけどボクが直接スキルで掘らなくても良いってことは、その難題が解決できたってわけで。

しかもパパが掘った土を見てみると、ちゃんと柔らかいまま。ということはボクが農具を作って誰かがそれで耕せば、この土地でも十分に農業ができるってことだよね⁉

「おっ……？　そ、そういうことか！」

その説明を聞いた途端、パパはケロッと復活した。そしてボクが作ったスコップを改めて手に取ると、まじまじと観察し始めた。

「どうしたの？」

「うーむ、これはやはり」

しばらくの間うんうん言いながら調べていたかと思えば、その目が急にクワッと開かれた。

「……このスコップには魔石に似た力が込められている。なんとも不思議だが、魔道具と同じ効果があるのはそういう理由のようだ」

「えっ⁉　本当ですか⁉」

驚いたような声を上げるエディお兄ちゃんに、パパは大きく頷いた。そしてボクを抱き上げると、まるで自分のことのように嬉しそうに笑った。

「凄いじゃないか！　魔石要らずの魔道具まで生み出しちまうとは、お前は本当に天才だな！」

いや、それは言い過ぎだと思うんだけど……。だってただ粘土で作っただけだよ？

でもそんなボクの心の声は届かず、パパは「よーし！」と腕まくりをした。

「お前の作った魔道スコップで、この辺を耕してみよう」

そうしてパパが向かったのはヒマワリ畑の隣だ。なにもない荒地でクラウチングスタートみたいに身をかがめたと思ったら、右手に持ったスコップで掘りながら走り始めた。

「うおぉぉおおおお！」

掘る、といえばそれまでなんだけど、そのスピードが尋常じゃなかった。パパの手元は残像しか見えず、走り去った後には土煙がもうもうと舞い上がっていく。


「な、なにしてるのパパ……？」

しばらくして視界が戻ってくると、そこにはふかふかな土の畑が広がっていた。

いや、そうはならないでしょ……。

「ふぅ、こんなものか」

やり切った顔のパパが、額の汗を拭いながらこちらに戻ってきた。

「凄いなこれは。本当になんでも掘れるぞ！」

そうかもしれないけれど、いくらなんでもやり過ぎでしょ⁉

ボクが呆れたように見つめる中、ママだけが「パパ凄いわ～！」と手をパチパチさせている。

いや、呑気か。エディお兄ちゃんなんて、空を見上げて現実逃避を始めちゃったよ？

「そうだ、この芋もついでに植えてみるか？」

芋⁉　種芋があるの⁉

「ちょっ、パパ！　どこにあるのっ、見せて！　早く！」

「お、落ち着けネル！　俺のズボンを引っ張るな！」

おっと危ない。新たな植物の種があると聞いて、思わず興奮してしまった。五才児らしからぬ言動は控えねば。

「父上、ですがその芋は……」

「騙されたってことはもう理解したよ。でもネルはさっき、普通の種でこの化け物ヒマワリを誕生させたんだろう？　ならこれがなんの変哲もないジャガイモの種芋だとしても、とんでもない植物に生まれ変わるかもしれないじゃないか」

パパは木箱からひと欠片の種芋をヒョイと摘まみ上げると、ボクにそっと手渡してくれた。

つまり植えて良いってこと？　そうだよね？

勝手にそう判断したボクはさっそく畑の片隅に穴を掘り、種芋を埋めた。

「さぁて、どうなるかな」

「ワクワクするね、パパ！」

すっかり童心に返ったボクは、パパと一緒に埋めた種芋の前にしゃがみ込んだ。

「おお？　おおおお？」

するとヒマワリのときと同じく、すぐに変化が現れた。覆ったばかりの土が地割れのように小さく裂けた瞬間、そこから深緑色のゴワゴワした葉っぱがぴょこんと飛び出した。

「父上、これってジャガイモの芽なんですか？」

「ん？　あぁ、エディは見たことがなかったか」

お兄ちゃんが不思議がっているのは、普段キッチンでジャガイモを放置していると出てくる、ピンク色の触手みたいな芽をイメージしているからだろう。だけど間違いない、これがジャガイモの芽。種芋として植えると、こうしてちゃんと緑色の芽が出てくるのだ。

「へぇ……あれ、コーネルはあんまり驚かないんだな？」

「え？　そ、そんなことないよ？」

あっ、しまった。ボクは前世で何度も育てていたから、つい見慣れた反応をしちゃった。

「それより見てみんな、どんどんおっきくなっているわ！」

ママの声で畑の方に目を向けると、ジャガイモの芽がすでに苗の姿になっていた。

しかも生育スピードがヒマワリの比じゃない。あっという間にボクの身長を追い越してしまった。その成長はとどまることを知らず、さらに大きくなって……待って、さすがに異常事態じゃない？

「こ、これは凄いな……」

「えぇ……本当に奇跡ですね」

もうこれはジャガイモの茎というより木の幹だ。五メートル近くまで成長したジャガイモの若木を、パパとエディお兄ちゃんは呆然と仰ぎ見ている。

だけどボクは別のことが気になっていた。この植物、風も吹いていないのに枝が勝手に動いていない？　それになんだか地面が小刻みに揺れているような……。

ボクは口をあんぐりと開けながら、木（？）を見上げた。

なんだあれ。高く伸びる幹の途中に、顔のようなものまでついている。コブの部分がまるで目蓋(まぶた)みたいだ。横に裂けた奇妙な洞の部分も、口に思えてきた。

気になるなぁ。もっと近くで見てみよう――

「う、うわぁぁぁ！」

一歩を踏み出した瞬間、コブの部分から目玉がぎょろりと現れた。

「ネル！」

「ネルちゃん⁉」

パパとママが慌ててボクに駆け寄ろうとする。でもそれより先に、ジャガイモの木は枝を自由自在に伸ばし、ボクの身体をヒョイと持ち上げた。

「こ、このっ」

振り解こうと必死に暴れるけれど、まったく効果がない。

「くそっ、今助けるからな！」

「父上、おそらくこれは魔物化しています！　下手に手を出すと危ないですよ！」

エディお兄ちゃんがパパに警告している中、ボクはグングンと高いところまで持ち上げられてしまい、さらなるピンチに陥っていく。

「ちょっ、高い！」

逃げられないようにするためなのか、ついにはマンションの三階ぐらいの高さにまで到達してしまった。こんなところから落とされたら、ひ弱なボクなんてひとたまりもない。

恐怖で身をすくませるボクを嘲笑（あざわら）うように、ジャガイモの樹はグゲゲと不気味な叫び声を発し始めた。

「な、なにごとだべさ!?」

「領主様、こらぁいったい……？」

地響きと魔物の声に驚いて様子を見に来たのか、今度は村に住む領民たちがわらわらと集まってきた。だけどその足は畑の手前で止まった。

「な、なんだありゃ……？」

「木……いや、魔物か？」

「危ねぇ、歩き出したぞ！」

ジャガイモの木はボクを高く持ち上げたまま、ゆっくりと移動を始めた。そして領民たちから離れるように、枯れた生命の樹がある方角へズンズンと歩いていく。

ど、どどど、どうしよう⁉　このままじゃボク、この魔物に殺されちゃう！

「おい、俺の大事な息子をどこへ連れていくつもりだ？」

「ふぇ⁉」

涙でグシャグシャになっていた視界に、誰かの人影が入り込んだ。

その刹那。これまでの笑い声とは違う、ゲギャッという短い断末魔が耳に入った。それから僅かに遅れて自分の身体を拘束していた枝が解けると、ふわっとした浮遊感に包まれた。

えっ、なにが起きたんだ？　ていうかもしかしてボク、空中に投げ出されてない？

「おっと。大丈夫か、ネル」

「ぱ、ぱぱ……？」

「あぁ。パパだぞ」

今は筋肉質な腕に力強く抱き締められている。どうやら空高くジャンプしたパパが、空中でボクを受け止めてくれたらしい。そのおかげで地面に激突せずに済んだようだ。だけどボクの心は安堵するどころか、不安でいっぱいだった。

ジャガイモの魔物はどうなった？

おそるおそるパパの腕の隙間から覗いてみると、そこに動いている魔物はもういなかった。幹を真横に一刀両断された木が、地面にただ転がっているだけだ。

「……あれはパパがやったの？」

「ははは、凄いだろ。……悪いな。剣を家に取りに戻ったから、助けるのが少しばかり遅くなっちまった」

ポンポン、と腰から下げたロングソードの柄を優しく叩いてから、パパは苦笑いを浮かべた。

まさか剣だけであんなに大きな木の魔物を一刀両断にしたの？

もしかして剣術のスキルで？

凄い、パパってこんなに強かったんだ……。

「ネルちゃん、大丈夫⁉」

「ぜぇ、ぜぇ……父上、走るの速過ぎ……」

後から追いかけてきたのか、ママやエディお兄ちゃん、そして領民のみんながボクの周りに集まってきた。

「まったくもう、肝を冷やしたわよ？　でも無事で良かったわ」

ママはボクの頬に両手を当てた後、そのままギュッと胸に抱き締めた。おかげでバクバクと鳴りっぱなしだった心臓がようやく落ち着いてきた。さすがに空気を読んだのか、パパも嫉妬はせずに優しく見守ってくれている。

「いやぁ、間一髪だったべな」

「本当によくご無事で……それにしても、あの木はなんだったんですかい？」

「それがどうやら、植物から魔物に変化したみたいでして……」

領民の一人がジャガイモの魔物を指差して疑問を口にすると、エディお兄ちゃんは説明をしながらその亡骸に近づいていく。

でもどうして魔物化してしまったんだろう。ヒマワリを育てたときは、そんなことにはならなかったのに。

「もしかしたらこの種芋は、本当にダンジョン産だったのかもしれませんね。ダンジョンのアイテムは不思議な効果があることが多いので」

「じゃあ、その影響で魔物化を？」

「断言はできませんが。あとはこの地に溢れる瘴気と関係があるのかも」

エディお兄ちゃんが眼鏡をクイッとさせながら考察している。

今思えば、あのモージャー侯爵や商人がただの種芋を所持していたとは考えづらい。もしかしたら魔物化すると最初から分かっていたのかも……。そう考えると怒りがふつふつと湧いてくる。こっちは危うく殺されかけたわけだしね。

「興味深いですね。どうやら魔物化してもしっかりとジャガイモの部分はあるようです」

そうなのだ。木の根っこにあたるところに、立派なジャガイモがいくつも実っている。一つがバスケットボールくらいのサイズなので、もはやジャガイモとは言えない気もするけれど。

ちなみに根っこの部分と言ったけれど、厳密にはジャガイモは根っこではなく、茎の先に実る。いわば、根っこや葉から得た栄養が行き着く貯蔵庫なのだ。だから分類としては塊茎と呼ばれているんだよね。

「なぁエディ。魔物の肉って当たり前に食われているんだし、コイツもいけるんじゃないか？」

「え？　えぇ、基本的に魔物を食べても人に害はないですし、むしろ人に力を与えるといわれてはいますけど」

エディお兄ちゃんは慎重に言葉を選ぶように答えた。まぁ、それも無理はない。食べられると聞いて、そこにいた全員の視線がお兄ちゃんに向いたのだから。

なにせこの男爵領は深刻な食糧不足。領民みんなが常にお腹を空かせている。だから目の前に食べ物があると聞いて、誰もが飢えた獣になってしまったのだ。

「コーネル、どうする？　お前も食べてみたいよな？」

「えっ⁉　いや、ボクは別に……」

「そう遠慮するなって。な？」

パパがボクの背中をポンと押した。いや、でも魔物を食べるなんて……ちょっと怖いし、抵抗があるよ！　いくらこの世界では魔物食が一般的といったって、ボクは未経験なんだもの。

だけどみんなの視線が集まる中、食べないなんて選択肢を取れるはずもなく……。

「じゃ、じゃあ少しだけ」

「よしきた！　それなら領のみんなで、これを調理して食べてみるか！」

パパがそう宣言すると、一同はワアァと喜んだ。

「ってことで、パパッと収穫しちまうか」

こうなってくると、みんな行動が速い。パパは自前の剣でジャガイモの魔物を切り分け始めた。文字通り瞬く間にカットされていくジャガイモたち。あまりの剣筋の速さに、ボクはまたしても圧倒されてしまった。

周りの人たちもテキパキと動いている。誰かが火をおこす準備をしている間に、他の人たちは寸胴鍋などの調理器具を持ち寄る相談をしていた。食べたい気持ちが全員を突き動かし、一致団結させている……食欲って凄い。

そうして一時間もしないうちに、料理は完成してしまった。

「よぉし、愛する我が領民たちよ、ジャガイモパーティの開始だ！」

「うおぉぉおお！」

パパの音頭に、男爵邸の前にある広場が沸いた。領主の奢りで夕飯が食べられると聞いて、約五十名の領民が集まったのだ。

ママを始めとした調理班がとても張り切ってくれたおかげで、メインディッシュの他にも、ポテトを使ったサラダやスープまで揃っている。ジャガイモづくしのフルコースだ。

「見た目は最高なんだけど……」

ボクの前にはお皿が置いてある。その上にあるのは……もちろんあのジャガイモである。見た目は茹でたジャガイモそのもの。味付けはシンプルに塩のみだ。美味しそうに湯気を立てているけれど……大丈夫だろうか？

そんな心配をよそに、ママが声を掛けてきた。

「さぁ、どうぞ召し上がれ」

「……いただきます」

やばい、みんなの視線が刺さる。ボクが食べ始めないと、みんなも食べられないパターンのやつだ。早く食えという圧に負けたボクは、フォークで刺したジャガイモをおそるおそる口に運ぶ。

「あれ？　美味しい」

うん、ジャガイモだ。しかも意外なほど美味しかった。もちろん調味料は塩だけだから素朴だし、ジャガイモそのものの甘さしかない。だけど身体に栄養が染み渡るような感覚になる。

魔物化したジャガイモをちゃんと食べられて良かった……と安心していると、今度はパパがフォークに突き刺してパクリと食べた。その瞬間、カッと目を見開くとボクの肩を掴んだ。

「お、おいネル！　このジャガイモ……めちゃくちゃ美味いぞ！」

「え？」

「みんなも食ってみろ、美味過ぎて意識が飛ぶぞ！」

その声を聞いて、みんなが続々と集まってくる。そしてジャガイモを一口食べるなり口々に叫んだ。

「うぅ～ん！　こんなに美味しいジャガイモを食べるのは初めて～！」

ママは涙を流しながら、もりもりとお皿に盛ったマッシュポテトを食べている……ってたしかに美味しいけれど、ちょっと感動し過ぎじゃない⁉

……でもそうか。現代日本とは違って、この世界の農業は原始的だ。品種改良どころか肥料すら与えていないと思う。あるがままに種を蒔いて収穫する程度だ。もちろん味なんて二の次で、食事はお腹が膨れれば良いとしか思っていないだろうし。

「うめぇ、うめぇよぉ！」

「これは間違いねぇや！　隣の侯爵領から仕入れた野菜よりも味が良いべさ！」

領民たちの反応も様々だ。中には泣きながら食べている人もいるし、黙々と食べ続けている人もいる。でも共通しているのはみんな幸せそうだということ。そしてそれはボクも同じだった。だって自分の作った野菜を美味しく食べてもらうなんて、これ以上の幸せはないからね。

そんなボクの心を見透かしたのか、パパが隣で優しく微笑んだ。

「やったな、ネル。これでウチの領でも農業が始められそうだ」

ボクの頭を撫でながらパパがそう言うと、周りからは歓声や拍手が上がった。

「そ、そうかな？」

「あぁ。これだけ美味しいことが分かったんだ。領民たちもきっと協力してくれるさ」

「ネルちゃん、本当に凄いわよ！　ママも鼻が高いわぁ！」

「あぅ……」

とてもじゃないけれど恥ずかしくて顔が上げられない。

だけど……そうだよね。この男爵領でも、野菜が手に入るようになるんだ。それはつまり、領民のみんながお腹いっぱいになるってことでもある。

だけどその喜びに浸る暇もなく、すぐに次の不安が生まれた。そう、あの魔物化についてだ。家族を危険に晒した上に、領民たちまで巻き込みかけた。

もし誰かが大怪我を負っていたら？　あるいは最悪の場合……死者が出てしまったかもしれないのだ。そんな事態を引き起こした責任を無視するわけにはいかない。

今回は運が良かっただけ。同じようなことが起きないよう、早急に対策を考えておこう。毎回パパが助けてくれるとは限らないんだし……。

「領主様、こっちで一緒に踊りましょうや！」

「おう、いいな！　とっておきのダンスを見せてやろう！」

誰かがお酒を持ち込んだのか、いつの間にか食事会は宴会へと変貌していた。赤ら顔になった領民の一人がパパに声を掛けると、ジャガイモに感謝を捧げるという変な踊りが始まった。

貴族と領民という立場の違いはあるけれど、誰もそんなことは気にしていないみたい。元々ボクだって前世はただの平民だし、パパみたいな性格の方が親しみやすくて好きだけどね。

そんな光景を微笑ましく眺めていると、視界の端でとある人物を見つけた。なぜかその人は、思い詰めた表情でお皿に乗ったジャガイモを見ている。

「エディお兄ちゃん、どうしたの？」

「あ……いや。本当にこのジャガイモは凄いな、と思ってね」

お兄ちゃんはジャガイモをフォークで突き刺すと、そのまま口へと運んだ。でもそれはたったひと齧りだけ。すぐに皿に戻すと、小さく溜め息を吐いた。ジャガイモはまだ半分以上残っている。単純に食欲がないとは思えないけれど……。

「僕は無能な上に、世間知らずの大馬鹿者だったみたいです。かしこぶって偉そうなことを言ったくせに、父上のことをなんにも知らなかった」

「……パパとなにかあったの？」

エディお兄ちゃんは俯いたまま、なにも喋らない。だけどその沈黙こそが答えだった。

「母上から聞いたんです。父上がどういう人物なのかを」

お兄ちゃんは楽しそうに領民と肩を並べるパパを眺めつつ、そう切り出した。

「僕はずっと父上を誤解していました。自分の地位や名誉のために、ここで農業をしたいのだと――そう思っていたんです」

たしかにパパは自由奔放というか、自分のやりたいことを最優先に行動しているように見える。ボクたち家族のことも、しょっちゅう振り回しているし。

「でもそれは間違いでした。父上は誰よりも領民たちのために、この地でずっと頑張っていた」

そもそもこんな草すら生えない土地にどうしてこだわり続けるのか。なぜ空腹に耐えてでも、復興を目指していたのか。それにはちゃんと理由があったのだという。

「領民たちはみな、ここ以外に居場所のない爪弾き者なんだそうです。その理由は様々ですが……だいたいの理由は僕と一緒でした」

「それってもしかして、ジョブが……」

「神から不遇なジョブを与えられたばっかりに、ロクな仕事を得られなかった。生活もままならず、飢えで死にかけていたところを、父上が片っ端から拾っていったそうですよ。母上は捨て犬じゃないんだから、と笑って話してくれました」

ジョブが恵まれなかったからといって、国は生活を保障してくれない。残酷だと思うけれど、それがこの世界のルールなのだ。

だけどパパはそれを是としなかった。社会から見放された人たちを決して見捨てず、他の貴族に頭を下げてまで世話をし続けた。

「居場所なら俺が作るからよ、一緒に夢を叶えようぜ！　……そんな無鉄砲な誘い文句あります？　言う方も信じる方も、本当にどうかしていますよ、まったく」

やることなすこと、どれもが型破りだ。でもパパは口だけじゃなく、自分の背中で語ってみせた。有言実行、それって本当に凄いことだと思う。

だからこそ領民たちも、たとえ生活が苦しくても、領主の無謀な夢に付き合い続けてきたのだろう。彼らの間に固い絆が生まれたのも当然だ。

父上はまさに理想の領主だと、エディお兄ちゃんは泣きそうな声で言った。

「お兄ちゃん……」

でもボクはちょっと違うんじゃないかな、とも思ってしまった。

——望んだジョブがなくても、自分の価値は決まらない。

それを証明するために、パパはずっと頑張ってきたんだろう。だけどそれは……。

「そのことを一番に伝えたかった人物ってさ。たぶん、領民に対してじゃないよ」

「——え？」

「父親という立場として、誰よりも分かってほしかったのはきっと……息子であるエディお兄ちゃんなんじゃないかな？」

これはあくまでも持論、ボクの予想でしかない。だけど前世で父親の生き様を見てきたからこそ、そう思えた。父親って不器用で、それでいてめちゃくちゃカッコいい生き物だからさ。

「いくら神様でも、すべてが平等な世界を作るのは絶対に無理だよ。だけど公平（フェア）な世の中なら、ボクたち人間の努力次第で近づけるのかも。それこそ、パパみたいにね」

「そう……だね。そうかもしれない」

エディお兄ちゃんはフォークを手にすると、一口齧った。今度はさっきよりも大きく。

「うん……美味しい」

言葉にできないなにかを噛みしめるように、小さく頷きながら。

「ねぇ、コーネル」

「なぁに、お兄ちゃん」

しばらく兄弟仲良くジャガイモを頬張っていると、エディお兄ちゃんが声を掛けてきた。

「貴方って本当に五才児ですよね？　あまりに達観し過ぎていません？」

「あっ」

……感傷に浸り過ぎて幼児設定を忘れていた！

＊　＊　＊

コーネルの誕生日から数週間が過ぎ、契約の期日が目前に迫っていたころ。

国内の様々な都市や街では、ジャガー男爵領で生まれたある物が噂になっていた。

「おい、聞いたか？　ついにアレがこの街にも入荷したってよ！」

「らしいな！　運よく仕入れた商店には、すでに長蛇の列ができているらしいぜ」

「マジかよっ⁉　くぅ～、俺も早く食べてみたいぜっ！」

ボリューム感良し、味良し。そして男爵領でしか栽培されていないという希少性。さらには商売の経験がある男爵領の住人が、独自の販売ルートを国内に続々と開拓していった。

おかげで男爵領の芋は『ジャガー男爵芋』として瞬く間に知れ渡っていった。

「もうご存知ですかな？　例の男爵領産ジャガイモの素晴らしさを」

「あぁ、美食にうるさいウチの妻も大絶賛していたよ！」

「味だけじゃないわ。健康や美容に良いと淑女の間で話題沸騰中ですのよ？」

そんな噂を聞きつけ、ついには王侯貴族や富裕層までもがこぞって入荷を心待ちにするようになった。

そうして国内が空前の芋ブームに沸いている一方で、話題の中心である男爵領ではちょっとした変化が起きていた。


カラッと晴れた空の下。男爵家は一家総出で畑仕事に精を出していた。

「いやぁ～。自然との触れ合いが、こんなにも気持ちが良いものだったなんて！」

ジャガー家の長男、エディはその整った顔立ちを土で汚しつつも、スッキリとした笑顔を見せていた。麦わら帽子を被り、コーネル謹製の刃がついたクワで畑仕事に勤しむ姿は、すっかり堂に入っている。

あれほど青白かった肌も今では程良く日焼けしており、肉付きもいくらか改善されたのか、以前のような不健康さはどこにも感じられない。

「でも本当に不思議だよな。あのジャガイモを食べて以来、どんどん力が漲っている気がするぜ……」

父親のグレンが、畑のジャガイモたちを見渡しながら感慨深げに言った。ジャガー男爵芋は苗というより木なので、もはや植林場といった方が正しいかもしれないが。

ちなみに魔物化してしまう問題はすでに対策済みである。コーネルは魔物化するまでの過程を研究し、変化が始まるまでの時間を正確に把握した。そして魔物になる前に収穫してしまえば良い、というなんとも単純な結論に行き着いたのである。

もちろん、保険も掛けてある。イレギュラーな事態を想定し、ジャガイモを育成する畑は一部の区画と限定。さらには戦える者が常に監視する――という独自ルールを設けた。

そうした安全第一を徹底したおかげもあって、あれから一度も魔物化は起きていない。

「ここまで順調にいったのは、密売しようとした悪人さんたちのおかげだね……」

畑の片隅で種芋を埋めていたコーネルは、父や兄に聞こえないよう小声で呟いた。

実は、ジャガー男爵芋に商機を見出した小悪党が現れたのだ。

彼らは種芋をこっそり持ち出して、領外での育成を試みた——が、どれも失敗。芽を出すことすらできずじまいだった。どうやらこの不思議なジャガイモは、男爵領の特殊な環境でしか育たないらしい。

そういう経緯もあって、ジャガー男爵芋の希少性と売れ行きが爆上がりしたのだから、コーネルは密売者たちに感謝こそすれ、そこまで怒りはしていなかった。

「……父上、改めて謝らせてください」

「おいおい。どうしたんだ、急に」

突然の謝罪に目を丸くするグレンから少し視線を逸らしつつ、エディは気恥ずかしそうに言葉を続ける。

「いえ、僕もようやく父の偉大さに気づいたというか……どうも今さらな感じはありますが」

エディにはずっと後悔していることがあった。それは——、

「僕は幼少期から、父上に反抗してばかりでした。自分が不遇なのは、親や環境のせいだと思い込んで……周囲の助言を聞かず、現実から逃げ続けていました」

領民のために行動する彼を尊敬するべきだった。しかし性根が腐った彼がやってきたことといえば、父親の非難ばかり。

——だが今は違う。この男爵領での生活を通して、エディは父親の努力と苦労を知った。ど

れほど自分が愚かで甘ったれた子供だったかを、よくよく理解したのだ。そして同時に、父グレンという人間の素晴らしさにも気づいたのである。

「父上、今まで本当にすみませんでした！」

エディは勢いよく頭を下げた。心からの謝罪だ。

一方のグレンは、しばらく目をパチパチと瞬かせていた。理解するまで時間がかかった様子だが、やがてなにかを察したのだろう。フッと微笑むと、息子の頭に優しく手を置いた。

「まったくお前は……謝る必要なんかねぇよ。子供が親に反抗するのは当たり前なんだからな」

「父上……」

「それにな、俺もお前と同じだった。いや、もっと酷かったかもな。だからお前が俺に反発する気持ちは分かるんだ」

グレンはエディを畑の端まで連れていき、そこで腰を下ろした。

「実はな……俺は畑仕事が嫌いだったんだ」

「えっ⁉」

まさか父親の口からそんな告白を聞くとは思わず、エディは驚きの声を上げた。グレンはいつも率先してクワを持ち、領民たちと共に畑に出ていた。そんな姿を見て、エディはてっきり父は畑仕事が好きなのだと思っていた。

「だってそうだろう？　貴族は領民から税を取って贅沢な生活を送っているのに、かたや農民は毎日汗水流して働かされる。なのにその見返りはほんの少しだ」

「それは……たしかに」

「農家の生まれだった俺は、ずっと不公平だと思っていたんだ。だから成人になったとき、俺は実家を飛び出した」

グレンが冒険者を始めたのもそれがキッカケだった。だがなんの因果か、こうして彼は貴族としてこの地に帰ってきた。

「今はもう廃村になっちまったが、元々俺はこの世界樹の麓にあった村に住んでいてな。当時は枯れゆく土地なんて、さっさと捨てちまえって馬鹿にしていたんだが……やっぱり故郷ってのは捨てられないもんだな」

「父上……」

グレンは遠くに見える生命の樹を眺めながら、自嘲気味に笑った。

だがエディはうっすらと察していた。きっと父は死ぬまでここで生きていく覚悟をしたのだと。たとえどれだけの困難が立ちはだかろうとも、領民のために力を尽くすのだと。

そんな父の想いを知った今だからこそ、エディは強く思うのだ。この人の息子として、恥ずかしくない男になりたいと。

「僕はもう逃げません。たとえ避けられぬ壁があったとして、それこそコーネルのように穴を掘ってでも越えていきます」

「ははっ、それでこそ俺の息子だ。……がんばれよ」

「はい。いずれは僕も――」

エディは父のようになりたいと言いかけて、飲み込んだ。あえて言葉にする必要もないと気づいたのだ。あとは自分の行動で示せばいい、目の前にいる男はそうしてきたのだから。

「ボク、こうしてお兄ちゃんと一緒に過ごせて嬉しい！」

感慨にふけっていると、いつの間にか傍に来ていた弟が屈託のない笑みを浮かべて、エディを見上げていた。

「コーネル……」

嫉妬しかけていたが、今では弟を心から大切に思っている。たまにちょっと変わった言動をするけれど、それに目を瞑れば素直で天使のように可愛い子だ。

「みんながお腹いっぱいになれるように、畑仕事がんばろうね！」

「はい！　任せてください」

陰気で自信のなかった男は、もうここにはいない。

ジャガイモの新緑あふれる陽だまりで、男たちの笑顔が咲き誇っていた。

＊　＊　＊

長く続いた親子喧嘩に決着がつき、和やかな雰囲気に包まれた男爵家。一方で隣領にあるモージャー侯爵邸では、なにやら不穏な空気が漂っていた。

「こっ、こんなことがあってたまるか……っ！」

ダンッ、という机を叩く音が広い部屋に響いた。

ここは屋敷の主であるマニーノ＝モージャー侯爵の執務室。趣味嗜好を凝らしに凝らした、いわば彼の城だ。派手好きな彼のために国内外から取り寄せた煌びやかな調度品が、部屋のいたるところに置かれている。

普段なら魔道具技師のドワーフに特注させたマッサージ機能付きの椅子に座り、執務机に並べられた隣国の機械細工をニヤニヤと眺めている時間なのだが――今日の侯爵はすこぶる機嫌が悪い。

その原因は、執務室に届けられた二つの木箱にあった。そして木箱の中には手紙も同封されており、そこには丁寧な字で以下のようなお礼が綴られていた。

――おかげさまでジャガイモの売れ行きも好調で、僅か一か月でお借りしていた額の金貨をご用意できました。特別な種芋と道具という格別なお心遣いをいただき、感謝の極みでございます。

僭越ながら男爵領で栽培されたジャガイモを同梱いたします。たいへん美味なる一品にございますので、閣下も是非ご賞味くださいませ。グレン＝ジャガー男爵より。

「格別なお心遣いだと？　くそっ、俺を馬鹿にしやがって！」

侯爵は怒りに任せて、机の上にあった木箱を腕で薙ぎ払う。勢いよく吹っ飛んだ木箱から無数のジャガイモが飛び出し、ガラガラと床に転がっていく。

「俺があんな手を使ったのも、男爵家を潰すためにやったんだぞ……それなのに」

すべてはモージャー侯爵とハラブリンが共謀した計画だった。

もちろん発覚すれば大問題になる。だが隣領のジャガー男爵家はすでに潰れかけていた貧乏貴族だ。たとえ手を下さなくてもいずれは没落していただろう。だから多少強引な方法で掃除をしたところで、罰は当たらないと高をくくっていたのだ。

だがその計画も、すべて水泡に帰した。男爵領産のジャガイモがとんでもない高値で取引され始め、一部の貴族の間でも噂になりつつあるという。そして知らぬ間に隣領の領民たちの暮らしは一変し、豊かさが戻っているらしい――そんな報告まで上がっている始末だ。

「くっ、悪運だけは強いということか。……おい、ハラブリン」

「えぇ。次はもっと確実な手でまいりましょう」

侯爵の隣にいたハラブリン商会長が、苦虫を噛み潰したような顔で頷いた。

「現実はそんなに甘くないってことを思い知らせてやる。次こそは……ククク」

モージャー侯爵は床に転がっていたジャガイモの一つを足で踏みつぶすと、ニヤリと悪い笑みを浮かべるのであった。

第三章　猫が出るか、犬が出るか

ジャガー男爵芋の発売により、ボクたち男爵家の家計は潤いに潤った。

いやぁ嬉しい悲鳴である。なにせ生命の樹が枯れてからというもの、サンレイン王国の食料自給率は低下の一途をたどっていたのだ。そこへ低コスト・低パフォーマンスで大量生産ができる植物、それも主食となる野菜が栽培できるようになった。

そりゃあ売れますわ。作れば作っただけ売れました。もはやジャガイモ革命といっても過言じゃないと思う。

おかげで男爵家の当主であるパパは、周りから英雄みたいな扱いをされている。どこに行っても称賛されるせいで、終始ニヤニヤと浮かれっぱなしだ。一方でママは家計簿とにらめっこせずに済むようになって、眉間の皺が減ったと喜んでいた。

エディお兄ちゃんも生き甲斐というか、生涯の目標ができたみたいで、最近は生き生きと楽しそうに過ごしている。

そしてもう一人、ジャガー家の長女であるイザベルお姉ちゃんは——相変わらずの音信不通だ。いったいどこでなにをしているんだろう。

ともかく、女神サクヤ様からの『農業を広めて信仰を取り戻してほしい』という依頼への第一歩は踏み出せたと思う。

となれば、次なる作物を栽培していきたいところ。幸いにも資金にも余裕が出てきたし、さっそく野菜の種を仕入れ始めたんだけれど……。


「異世界の農業を舐めていた……」

ボクは屋敷の庭先に実験用で作った花壇の前で、膝を抱えてうずくまっていた。

「どうしたんですか、コーネル。なにか悩みでも？」

畑仕事から帰宅途中のエディお兄ちゃんがちょうど通りかかったのか、心配そうに声を掛けてくれた。だけどボクは、力なく首を横に振ることしかできない。だって……。

「小麦やトマト、ナスにキュウリ……どういうわけか、どれもこれも育たないんだよう！」

萎びてしまった苗たちの前で、思わず悲痛な叫びを上げてしまう。

丹精込めてお世話をしても、どの野菜も途中で枯れたり、突然変異を起こしたりしてしまうのだ。ジャガイモのように、ただ種を埋めるだけではダメらしい。

「ま、まぁ落ち着いてください。ジャガイモだけでもいいじゃないですか。美味しいし、栄養も十分ありますよ？」

「ううん、それじゃダメなんだよお兄ちゃん。ボクはすべての野菜を等しく愛するって女神様に誓ったんだ……」

「え？　愛す……えぇ？」

前世で枯らしてしまった紅里（トマト）や紫苑（ナス）たちが脳裏をよぎる。彼女たちの無念を晴らすためにも、ボクはこの世界であらゆる野菜たちを育て、増やし、我が子として愛でなくちゃならない。そう、それがボクの使命なのだから――。

「コーネル……その、応援していますよ？」

エディお兄ちゃんが優しく背中を撫でてくれる。

ありがとう、でもこれはボク自身が向き合わなきゃいけない課題なんだ。

いくら女神様の加護で粘土工作の能力を貰ったといっても、それはあくまでも土限定の加工スキル。なんでも思い通りにできるような、便利な力ではないのである。あくまでも自分の努力と研究で、この壁を越えなくちゃならない。

「むやみやたらといろんな品種に手を出すのは良くないね。まずは一つずつ、確実に育てられるよう試行錯誤してみよう」

「はい、コーネルなら大丈夫です。もしなにか相談したいことがあったら、気軽に頼ってくださいね」

そう言ってエディお兄ちゃんは屋敷の中へと戻っていった。

応援に後押しされたボクは、気を取り直して再度苗作りに取り掛かることに。

「うーん、まずはこの種から始めようか」

ポケットから種の袋を取り出し、中身を観察してみる。これは我が家の財政担当であるママにお願いして購入した、キュウリの種だ。

「ウリ科の中でも比較的育てやすい野菜だけど……」

コイツもすでに何回か失敗しているので、油断はならない。

どの野菜にも共通して栽培を難しくしているのは、成長スピードが異常に速いという点だ。

その速さは、生育の過程を撮った映像を倍速するレベル。文字通り、瞬きをしている間に巨大化してしまうのだ。

「でも失敗を恐れていたら、なにも始まらないしね。いろいろと挑戦してみよう」

今までは畑に直接種を蒔いていたけれど、今回は大きな変更点がある。それは花壇の土に、他の領から仕入れた土を少し混ぜているという点だ。

こうする理由は簡単で、このやり方だと成長スピードが抑えられるから。

「我ながら、この方法を思いついたのは運が良かったよなぁ」

キッカケは、屋敷の中で始めたジャガイモの発芽実験だった。

そのときボクはスキルで作った植木鉢に、男爵領の土と種芋を入れて成長の過程を調べていたんだけど……畑に種を直蒔きしたときよりも、植木鉢で育てた方が圧倒的に成長は緩やかだと判明したのだ。

ただ、これは至極当然の結果だった。現代の日本で試しても、おそらく同じだろう。

広い畑と狭い植木鉢じゃ、土の容量の差は歴然。そこに存在する栄養の多さも変わってくるからね。もちろん、植物が張れる根の範囲には限界があるから、土の量に成長速度がピタリと比例するわけじゃないけれど。

「あれ？　男爵領の土に栄養ってあるんだっけ？」

考察をしているうちに、そんな疑問が湧いた。

だからボクは他の領から畑の土を仕入れて、男爵領の土と混ぜてみた。仮に男爵領の土に栄養がないのなら、栄養のある土を増やせば成長スピードは上がるはずだから。

――だけど結果は逆だった。むしろ増やせば増やすだけ、遅くなっていった。

すなわち、男爵領の土は栄養が過剰なのだ。

「荒れた大地だから、栄養が少ないって固定観念があったんだろうなぁ……」

盲点だった。普通は肥料を足すものだし、まさか逆に制限する必要があったとは。

――と、ここでボクはある仮説を立てた。

「瘴気って実は悪者ではない？」

それは人にとって有害である二酸化炭素が、植物にとっては有益であるように。

窒素やカリウム、リン、それとも他の元素？　正体は分からないけれど、成長を促進させる効果があるのはほぼ確実だ。もしかすると生命の樹も栄養過多で枯れた可能性もある。

とはいえ、今は目の前の野菜だ。前回は半々の量で混ぜてみたんだけれど、それでもあっさり枯れてしまった。比率を調整して、今回は男爵領の土を三割程度にまで減らしてみよう。

「よしっ！　やるぞぉ！」

考察は十分。あとはトライアンドエラーを繰り返すのみ。

気合を入れ直したボクは、さっそく花壇の土に種を蒔き始めた。


――そして数時間後。

「まさか一割で十分だったとは……」

夕焼け色に染まる花壇を前に、ボクは呆然と立ち尽くしていた。

そこにはキュウリ以外にもトマトやナス、ピーマンなどの野菜が立派に育っていた。

いろいろと試してみた結果、育成に適した男爵領の土はほんの少しで十分だった。どれだけ栄養があるんだよウチの土は！

「う～ん。成功とはいえ嬉しさ半分というか、ちょっと困った結果だなぁ」

実験レベルでは良いけれど、実用的な範囲で畑をやろうとすると、必要な他の領地の土が莫大な量になってしまう。

おっと、弱気になっちゃダメだよね。光明が見えただけでも前進したと思おう。細かい検証は後でやるとして、今はこの野菜たちを収穫しなくちゃ！

ボクは意気揚々と眼前のキュウリに手を伸ばしかけ――ふと、あることに気づいた。

「……いつから見ていたの？」

背後の気配を感じて振り返ってみれば、そこには大勢のギャラリーが集まっていた。しかも家族以外に領民たちまで……作業に熱中していたせいで、まったく気がつかなかったよ！

「ど、どうも～」

ボクは軽く手を振りながら挨拶したけれど、誰も返事をしてくれなかった。

あ、あのぉ？　見ているだけなら、皆さんも野菜の収穫を手伝ってくれません？

「……救世主様じゃ」

最初に口を開いたのは、屋敷の近所に住んでいるお爺さんだった。ボクたちが住む村における最高齢で、長老的な立ち位置の人だ。パパもなにかとお世話になっている人物なんだけど……今、救世主って言いました？

長老さんはボクが育てた野菜を指差しながら、わなわなと声を震わせている。

「ジャガイモの際にも予感しておったが、間違いない。コーネル様はこの地を復活させるために豊穣神様が遣わせた、使徒様だったのじゃ」

「え？」

たしかにボクは女神サクヤの使徒だ。でもそれはまだ自分から名乗ってはいなくてですね？

むしろ使命なんて半分くらい頭からすっぽ抜けていたし、夢中で農業を楽しんでいただけでして……。

「おぉ、やはり！」

「作物に愛されたコーネル様ならあり得る！」

「おいみんな！　救世主、使徒様に万歳三唱じゃ！」

お爺さんの言葉に触発されて、村全体が大盛り上がり。やんややんやの大喝采が沸き起こった。かたや当の本人であるボクは、完全に置いてけぼりである。どうしてこうなった？

「ジョブやスキルは神様の加護ですよね？　そしてコーネルはスキルを使って奇跡を起こした」

「豊穣神様がネルを代理人として遣わせたって考えるのは、自然な流れだわな」

うんうん、と腕を組みながら頷くパパ。お兄ちゃんもその隣で、キラキラとした眼差しをボクに向けている。

あー、なるほどね。名乗っていないのにバレたのは、そういうわけか。うん、納得！

……って納得できないよ!?　さすがにこの流れはまずいって！

「諦めろネル、もう手遅れだ。魔境を救世主コーネルが再興させたと、この国の歴史に永遠と刻まれるだろう」

「えぇぇぇぇっ!?」

そんな伝説、絶対に残っちゃダメー!?　目立ちたくないとか言っていた割に、やらかしまくったボクが悪いんだけど……あぁもう！　どうしてこうなったぁ!?

＊＊＊

男爵領の人たちに救世主扱いされ、逃げるように帰宅した日の晩。どっと疲れを感じたボクは倒れるようにベッドへダイブした。

そして数分も経たないうちに、フワフワと夢の世界へ旅立ったのだけれど――。

「ふふふ。私が見込んだ通りの活躍ですね、さすがですよコーネル」

気づけばボクは、いつか見た和室へと転移していた。

襖（ふすま）や障子にちゃぶ台、箱型テレビ。そして郷愁を誘うお煎餅と玄米茶の香り。足裏に感じる畳のザラザラとした感覚にも覚えがある。

間違いない、ここは転生時に来た神域だ。

だけど前回と決定的に違う点が一つ。

艶やかな黒の長髪をした巫女（みこ）姿の美女が、ボクにニッコリと微笑みかけている。

「どうしたのです？　そんな見惚れたようにぼーっとして」

「もしかして貴女は……サクヤ様？」

喋り方もなんだか変わっているけれど、こんなことができる人物は神様しかいないはず。

「ふふっ、驚きましたか？　貴方のおかげで神への信仰心が徐々に戻り、私は力を取り戻しつつあるのですよ。この調子ならば、本来の姿に戻る日も近いでしょう」

「えっ？　ということは、今の状態でも全力ではないんですか？」

「それはそうですよ？　完璧な私は、もっともっと可愛らしい姿なのですから」

ふふん、と腕を組みながら自信満々に胸を張るサクヤ様。老婆のときと違って今はセクシーな体型をしており、巫女装束のゆったりした襟や幅広の袖から、白い肌がチラチラと見えてしまっている。今のボクには刺激が強過ぎて、ちょっと目のやり場に困ってしまう。

「ところで『生命の樹』の仕組みについて、よく気づきましたね？」

「仕組みですか？」

「国民たちが『瘴気』と呼んでいるものの正体です。たしかにアレは魔物を産むデメリットがありますが、植物にとっては非常に優秀な栄養になっているのですよ」

あぁ、良かった。ボクの予想は間違いじゃなかったみたいだ。

「生命の樹は、根から吸収した瘴気を空気中に拡散し、無害化させる目的で植えたものなのです。ですが枯れたことで循環ができなくなり、辺境の地に瘴気が溢れてしまいました」

なるほど、それで土が変化していたんだね。魔物が出てきたのも、その影響なんだろうか。

「ところで、生命の樹は枯れたままなのですか……？」

「安心してください。今は使徒である貴方の意識をここへ呼ぶくらいしかできませんが、いずれ完全復活した際には、生命の樹をババーンと見事に復活させてみせますから」

おおっ、それは心強い。この先も農業を続けるモチベーションにもなる。

「なので今後とも、辺境の再開発と農業の普及をよろしくお願いしますね」

「分かりました！　どこまでできるかは分かりませんが、ボクなりに頑張ってみます」

こうして頼られると、やっぱりやる気になれる。自分が苦労してやってきたことを他人に褒められるのは、純粋に嬉しいしね。頑張って良かったと心から思えるよ。

だから胸を張って答えると、サクヤ様はボクの両手を取って、ギュッと握りしめた。

「感謝します。貴方は私の恩人です」

「え？　あっ……」

視界が巫女装束の朱と白で埋まる。甘い花の匂いと、柔らかな温もりに身体を包まれた。

「寂しいですが、今日のところはここでお別れです」

「もう、戻る時間ですか？」

答えの代わりに、ボクを締めつける力が強くなった。顔は見えないけれど、寂しがってくれているみたいだ。

「あの世界には魔物以外にも、たくさんの脅威があります。中でも人の悪意は特に危険ですので……どうかお気をつけて」

お風呂のように心地良い。夢の中だというのに、ボクは再び意識が遠くなっていく。

「今世(こんせい)では幸せになってほしい——私は心からそう願っていますからね」

＊＊＊

農家の朝は早い。

畑に向かうため男爵邸の廊下を歩いていたボクは、欠伸で息を吸うと、

「ふわぁぁ……」

「はぁぁぁぁぁ」

大きな溜め息に変えて、一気に吐き出した。

思い出すだけで、どっと疲れがやってくる。救世主騒ぎから今日までの数日間、領民たちの誤解を解くために、どれだけ苦労させられたことか……。

まぁ実際に女神様から依頼されているわけだし、使徒と呼ばれるのは決して間違いではないのだけれど。

「でもなぁ。あんな期待に満ちた目で見られたら、こっちは委縮しちゃうよ」

神様の使徒や眷属ならまだしも、救世主はさすがに言い過ぎだ。なんでもできるわけじゃないし、ボクがこの世界で誇れるのは、前世の知識と経験ぐらいなのだから。

「救世主の話はともかく。土壌の問題がどうにか解決しそうなことが救いかな？」

花壇の実験で分かった通り、土に含まれる瘴気……だと聞こえが悪いな。

謎の栄養成分？　魔法みたいな元素？

いや、もう『魔素』でいいや。発案者の権利で、不思議な現象を起こす要素はひとまず魔素って呼ぶことにする。安直かもしれないけど、昔の学者だって同じだ。アリストテレスだって世界はたった四つの元素で成り立っているって考えていたし、違ったら後で修正すればいいだけの話。

土壌に含まれる魔素の濃度を調整すれば、失敗せず生育できることが分かった。夢でボクのやっていることは正しいとサクヤ様のお墨付きも貰えたし、これは間違いない。

ただし毎回、混ぜものとなる土を調達するのがとても大変なのだ。

なにしろ土はかなり重い。なんと一立方メートルで一トンを優に超える。だから他の領から仕入れるのだって、かなりのコストがかかってしまう。小麦を仕入れた方が安くつく……ってこれじゃあ本末転倒だ。

ならばどうするか。意外にもその方法は簡単だった。

「まさか前世でやっていたベランダ菜園が功を奏すなんてなぁ」

そう、植木鉢（プランター）での栽培だ。魔素が際限なくある大地で育てるから問題が起きるのであって、魔素の供給源を容器で物理的に遮断してやればいい。

もちろん、生育の過程で消費された土の栄養は減ってしまうけれど……そのときはコーネル印のスコップで掘った男爵領の土を足してやれば、たぶん問題はないだろう。

「うん、これでまた一歩前進だ」

とはいえ問題は、まだまだ山積みである。

まず一つ目は、領民たちへ知識の布教だ。彼らは農業に関して、あまりにも無知過ぎる。

でもそれは仕方ない。日本と違って、国民みんなが学校に通っているわけじゃないし。理科とか基本的な素地がないんだろう。今思えば、当たり前のように義務教育レベルを学べる日本が恵まれていたんだと思う。

ボクはそこまで人に教えるのが得意じゃないので、さっそく心が挫（くじ）けそうだけど……。

ともかくこれは一朝一夕ですぐどうにかなる問題じゃないので、いったん保留だ。時間をかけて、根気強く教えていこう。

「いざとなったら救世主の威光を使って、無理やり説得（洗脳）を……」

サクヤ様から直々に『農業を広めてくれ』って頼まれているし、野菜の素晴らしさを広めるためにも、多少の強引さは大目に見てもらおうね。

二つ目はスキルの問題。実はこっちの方が深刻だったりする。

これまで大活躍していた《粘土工作（クレイクラフト）》のスキル。だけどこれは大きな粘土工作はできないし、作った道具も時間が経つと、ただの土に戻ってしまうという致命的な欠点を抱えているのだ。

今のところジャガイモ農業はボクの作った農具に依存している状況なので、この問題は早急に改善しなければならない。

「やっぱり一番の原因は、ボクのスキルがまだまだ未熟なせいなんだよね」

神様が作ったスキルというシステム。与えられたジョブに相応しいスキルを習得することができ、それを発動させれば誰でも特殊な技術を扱える——のだけれど。覚えたら最初から十全に使えるという便利なものではなく、習熟度によって徐々に成長していく仕組みなのだ。

たとえば戦闘系のスキル。剣術や炎魔法のスキルであれば、魔物を倒すことで成長するといわれている。一方で鍛冶や建築などの技術系スキルならば、実際に鍛造したり設計図を描いたりと、ジョブに沿った行動によって成長するんだとか。

つまりボクが《粘土工作》スキルを成長させるのなら、繰り返し土を扱う必要がある。

だけど困ったことに、ボクが使えるスキルの回数はそこまで多くない。スキルを何度か使っているうちに、極度の疲労感に襲われてしまうのだ。

「これは推測だけど、たぶんステータス的な要素があるんだと思う」

そこで思い浮かんだのが前世でやっていたＲＰＧだ。体力が減れば戦闘不能になるし、魔法を使えば魔力が減るというアレだ。スキルも同じで、使うたびにボクの中にあるパワーが減っていると仮定すれば辻褄が合いそう。

「よし。それじゃあ今日は、それらを踏まえたスキルの検証をしよう」

検証の場所。それはボクが実験用としてすっかり占拠してしまっている、屋敷の花壇である。

「んー、太陽が眩しい」

真上から降り注ぐ恵みの光に、思わず目を細める。

……朝じゃなかったのかって？　ボクだって本当は、もっと早い時間から取り組むつもりだったんだ。けれど午前の畑仕事をこなしてご飯を食べたら睡魔がやってきて、うっかりお昼寝を……うぅ、五才児ゆえに仕方がないとはいえ、未熟な身体がどうにも歯痒い。

「《粘土工作（クレイクラフト）》」

気を取り直しつつ、ボクは地面に手を当てた。カチカチだった地面がいつものように柔らかくなり、畑の土がボクの思うままに形作られていく。

「うん、やっぱりだ」

完成したのはバスケットボールくらいの丸い土塊（つちくれ）。一回のスキルで変化させられる土の量はこれが限界みたいだ。これでだいたい一週間はこの形を維持してくれるはず。

最初はおにぎりくらいの量だったことを考えると、ちゃんと成長しているみたい。

「ゲームと違って、ステータスが見られないのが不便だ……」

リアルタイムで自分の状態が分かれば、もっと検証がしやすいはず。

もしかしたらそういうスキルが世の中にはあるのかもしれないけれど、今ないものを欲しがっても仕方がない。自分でなにか方法を編み出そう。

「数値の可視化……そうだなぁ。おにぎり一個分の土を一単位にしてみようか。単位の名前は――【魔素】でいいか」

おにぎり一個分の土を変化させるために必要なエネルギーが、一魔素ポイント。略してＭＰとしてみよう。その方がなんだか馴染み深いしね。

さて、今使ったスキルで消費したＭＰはどれくらいだろう。目の前にある丸い土塊が、おにぎりの何倍あるかで計算できるはず。

おにぎりの一辺が八センチの正三角形で、厚みが三センチほど。三角柱に見立てれば、体積は概算できる。お次は球の体積が……あー、面倒臭い。だいたい五十個分くらいか。

はい、一回で限界までスキルを使ったときの消費ＭＰは五十。

「……って五十倍も増えたってこと⁉」

スキル、めっちゃ成長してるじゃん！

誕生日にジョブを授かってから約二か月。毎日のようにスキルを使っていたし、レベルアップしていてもおかしくはない。でもこれはさすがに成長し過ぎじゃなかろうか。

待てよ？　スキルの習熟度が上がる条件を踏まえると……。

「もしかして、貸し出した道具を誰かが使っても、ボクの経験値になっているとか？」

領内に住む何十人という人たちが、ボクの作ったクワやスコップを使っている。直接的な経験値ではないにしろ、なにかしらのボーナスが少しずつでもボクの糧になっているとしたら、この短期間での急激なレベルアップにも納得がいく。

「一回でこの量を変化させられるとは……もしかして使える回数も増えているのかな」

前は二回目でめまいがしたんだけど、それから少しずつ増えていって……うん、今は連続で十回以上使っても、まだ平気みたいだ。

……そうだ。続きはなにかを作りながら限界値を検証してみよう。ただの泥団子を延々と作っても、使い道がないからね。

「収穫するときの鎌が足りないって言われていたし、先端の刃を作ろうか」

そうと決まればさっそく作っていこう。三日月状の薄刃をイメージしながら、粘土を鎌の形にこねていく。不器用ながら何回もやっているうちに上達するもので、見本がなくとも思い通りに成形できるようになってきている。

そうそう、当初はたくさん量産していたスコップだけれど、あれはもう滅多に作らなくなった。使い道が限定的だし、必要になる粘土の量も地味に多いのだ。

だから最近では刃の部分だけをスキルで作って、残りの部分は木材にしている。スキルの効果が切れて元の泥に戻ってしまったら、刃だけ交換すればいいからね。我ながらこれは名案だったと思う。

「今回はこんなところかな」

さらに二十回ほどスキルを使ったところでＭＰの限界を感じたので、検証を切り上げる。

それと同時に領民の一人が視界に入ったので、彼に声を掛けることにした。

「あ、ちょうど良かった。おーい、バイショーさん！」

「ん、あぁコーネル坊ちゃんっすか。どうしたんです？」

「頼まれていた鎌の刃が完成したから、みんなに配ってほしいんだけど……」

「おぉ～、もう用意できたんすか⁉」

軽快な小走りで駆け寄ってきたかと思えば、にへら～と人好きのする笑みをボクに向けるバイショーさん。彼は商人のジョブを持っている二十代のお兄さんだ。

男爵領に住む人たちの中では珍しく、恵まれたジョブの持ち主だ。本来ならこんな辺境にいるような人材じゃない。

だけどボクのパパがここに村を造るという噂を聞いて、王都から遠路はるばるやって来たんだとか。パパに誘われたんじゃなく、自分で押しかけてきた珍しいパターンだ。なんでも、困った人を救おうとする領主の漢気に惚れたらしい。

「凄ぇや、半日でこんなに？　マジで我らの救世主様っすね！」

「もう、やめてよ。褒め過ぎだって」

「いやいや～。さすがはグレン様の息子さんだなって、心から思ってるっす！」

貴族の令息相手には相応しくない言葉遣いだし、まぁなんというか……だいぶ馴れ馴れしい。でも悪意があるわけじゃないし、素直な驚きと感謝が伝わってくるから嫌な気はしない。なんだか前世の社畜時代にいた可愛い後輩に似ているしね。

「正直な話、コーネル君のおかげで商店も軌道に乗ってきたんで。どうしても頭が上がんないんすよね」

「あ～、でもそれはお互い様じゃない？」

バイショーさんはこう言ってくれたけれど、お世話になっているのはこちらのセリフだ。

彼は男爵領に唯一ある商店を切り盛りしている。ジャガー男爵芋の流通や他の領からの仕入れなど、それらがスムーズにできているのは彼のおかげだ。

「ん、なんすか？」

「いやぁ、本当に有能だなぁって」

「五才児が相手でも、そう思ってもらえるのは光栄っすねぇ～」

……実はこのバイショーさん、王都にある大物商家の出身なんだとか。ウチみたいな新興貴族よりよっぽど権力があるはずなのに、本当にどうしてこんな辺境に来ちゃったんだか。

「いつも通り、時間が経つと土に戻っちゃうから気をつけて。領民のみんなには、効果が切れる前に必ず交換しに来るよう伝えておいてね」

「了解っす。そのときに農業のレクチャーもしてくれるってことっすよね？」

「そういうこと。少しずつでも覚えていけば、もっと良い野菜が作れると思うんだ。……あぁ、そうそう。農業以外でも困り事や悩み事があれば、相談に乗るから遠慮なく」

こうなりゃ前世の知識をフルに使って、みんなの暮らしをどんどん改善しちゃおう。

「……坊ちゃんって本当に五才児なんすよね？」

「あー、うん。よく言われる」

疑わしげなバイショーさんの鋭い視線が、ボクを射抜くように刺してくる。商売の世界で切った張ったのやり取りを繰り返してきた彼に、生半可な嘘は通じない。

だけど間違いなくボクは幼児なのだ。……前世をカウントしなければだけど。

「まぁ、いいっすけど。みんなコーネル坊ちゃんを頼りにしてるんで、きっと喜んでやって来るっすよ」

バイショーさんはいつもの笑顔に戻ると、ピリピリとしていた空気が一気に弛緩した。そして鎌の刃が入ったカゴをヒョイと背負い、領民のいる畑へと走っていった。

「ふぅ、危なかった」

疑いは晴れていないけれど、今回は見逃してくれたようだ。

腕利きの商人は異様に勘が鋭いし、いつも以上に気をつけないと。もし転生者だってバレたら、今以上の大騒ぎになるからね。


「……さてと、もうちょっと頑張りますか！」

バイショーさんを見送ったボクは、再びスキルの検証に戻った。疲労感はあるけれど、なるべくスキルの練度を上げておきたいし。

ひたすらに《粘土工作(クレイクラフト)》である。土を掘っては工作を繰り返す。

農具以外にも、なにか作ってみようか。最近では食卓に並ぶ料理も増えたことだし、お皿やコップを作ったらママも喜ぶかな。

もしくは実用的なものにこだわらず、趣味に走るのも良いかもしれない。

そうだ、土偶にもリベンジしよう。ママに魔物扱いされたの、まだ根に持っているんだよね。可愛い動物の置物なんて良いんじゃないかな。上手くできたら売り物になるかも？

「んんん、中々に奥が深くて難しい」

試行錯誤しているうちに、ある程度は形になってくるものの、今度は妙なこだわりが出てきてしまう。納得ができないと粘土に戻して、さらにもう一度……。

——なんだか幸せだなぁ。時間と仕事に追われていた前世と比べると、こうして土に触れている時間が天国のように感じる。スローライフって最高。

最近になって気づいた新事実なんだけれど、ボクって割と単純作業が好きみたいで、同じことの繰り返しがあまり苦にならないんだよね。

思い返せば前世の幼少期も、ＲＰＧでひたすら最初の街でレベル上げをやっていたり、ブロックを積んで建築するゲームを何時間も続けたりしていたっけ。

そういえばあのクラフトゲームでも農業にハマっていたなぁ。機械を導入して自動で収穫するようになって、最終的に築き上げた大農園を見た友達がドン引きしていた記憶が……そうだ、この世界でもいつか自動化できるようにならないかな。

「でも機械なんてどうやって作れば……って、あれ？」

あーだこーだ言いながら土偶の材料となる土を掘っていると、穴の奥の方でなにか硬いものが指先に触れた。

「なにこれ？」

他の場所ならいざ知らず、この男爵領で粘土以外が出てくるなんて初めてだ。慎重に手で掘り出してみると、それはビー玉サイズのガラス片……ではなく、綺麗な水晶（クリスタル）が現れた。

六柱状の石を指で挟んで太陽に透かすと、中に小さな赤い炎が揺らめいて見えた。

キラキラしていて綺麗だけど……うーん、ただのクリスタルには見えないな。

「それになんだか、魔石に似ている気がする……」

思い出したのはママから誕生日プレゼントとして貰った、赤と青の宝石だ。あれも石の中で光が蠢（うごめ）いていた。

おそらく地中に含まれていた魔素が濃縮されて、石のように結晶化したんだと思う。魔物の体内で生まれたのが魔石なら、これは自然が生み出した魔晶石といったところか。

「大きさは小さいし、あんまり高い値段では売れなさそうだね」

売り物にすらならないと笑い飛ばした、モージャー侯爵と商人の表情が脳裏に蘇る。あぁ、思い出すだけで怒りが湧いてきちゃう。

お宝を発見した気分だっただけに、ちょっとだけ残念な気持ちだ。かといって捨てるには勿体ない。なにか使い道はないだろうか。

「いや、おあつらえ向きの物があるじゃないか！」

そこで目に入ったのは、先ほどボクが作っていた工作の数々である。

「宝石の代わりとまでいかずとも、装飾として使ったら綺麗になりそうだ」

花瓶につけてもワンポイントになるし、土人形（土偶からレベルアップした！）に填めたら可愛くなるかも？

そうなってくると、数がもっと欲しくなる。

よし、今度は魔晶石を探しながら土を掘ってみよう！


石を意識しながら掘ってみると、出るわ出るわ。ものの三十分もしないうちに、数十個もの魔晶石が見つかった。まるで潮干狩りに来た感覚で、思わず楽しんでしまった。

どうして急に見つかり出したのかと気になって調べてみた結果、とある法則が判明した。

どうやらこの魔晶石は、一定の深さを超えると採掘率が上昇するようなのだ。これまで見つからなかったのは、表層ばかり掘っていたからかもしれない。畑のためなら、そこまで深さが要らないからね。

「おぉ、なんかそれっぽいかも！」

さっそくボクは、お皿や花瓶に魔晶石を填め込んでみた。すると華やかさが増したというか、高級感が出た気がする。

よし、これをバイショーさんに渡してみよう。ひょっとしたら売り物になるかもしれない。

「……ってあれ？　もう夕方？」

ふと空を見上げれば、すでに太陽は西の空に沈みかけていた。夢中になり過ぎて、時間の経過をすっかり忘れていたみたい。きりも良いし、今日はここまでにして帰るとしよう。

「そうだ。せっかくなら最後に、魔石も使ってみようかな」

今回の粘土工作は会心の出来だった。

中でもボクのお気に入りが、猫と犬をモチーフにした土人形だ。日本のゆるキャラを参考に作ってみた。猫がお殿様で、犬の方が忍者。我ながら可愛くできたと思う。

その土偶たちの額に、それぞれ魔石を填め込んでみる。

ええっと。赤い石を猫に、青い方を犬に……。

「おぉ、これはまた……」

ディテールにこだわったおかげで、まるで生きているかのような躍動感。今にも動き出しそうだ。額の魔石も良い感じに神秘さを醸し出している。

「って、あれ？」

そこでボクは気がついた。二体の土偶が、ボクをじーっと見つめていることに。

なんだろうこの既視感……あっ、分かった。ジャガイモが魔物化したときの雰囲気に似てい

るぞ⁉

「偉大なる創造主様、初めましてなのニャ」

「きえぇええ、猫が喋ったぁああ⁉」

「お、お会いできて光栄でござるワン」

こっちの犬も喋った！　ていうか、創造主様ってなに⁉

状況の処理能力をあっさりと超えてしまい、リアクションに困ってしまう。

この世界では魔石を無機物に填めたら動き出すのが普通なの？　まさか土人形まで魔物化したとか言わないよね？

そんな不安を抱いていると、猫と犬の人形たちがボクの足元までトコトコとやって来た。

「余は創造主様の手によって生まれた、精霊なのであるニャ！」

「創造主様！　ど、どうか拙者たちに名前を与えてほしいでござるワン！」

猫の方は腰に手を当てて胸を張り、尊大に。犬の方はウルウルと上目遣いで懇願している。

なにこれ、可愛過ぎる……って精霊⁉

お伽噺や伝説の中でしか聞いたことないんですけど⁉

「待てよ？　人を騙す害のある精霊もいたような……もしやボクを油断させておいて、なにか悪いことをするつもりなんじゃ」

「しっ、失敬であるニャ！　余は善良なる精霊なのニャ！」

「そうでござるワン！　……悪戯は好きでござるけど」

んんっ？　急に歯切れが悪くなったぞ。なんだか怪しいな……でも良い精霊か否かを確かめる術がボクにはない。うーん、どうしよう。

「えーっと、名前をつけてほしいんだっけ？」

普通に喋っているけれど、名前もない生まれたての精霊ってこと？

……まぁ名前ぐらいなら良いか。もし悪い奴だったら、スキルで土に戻せばいいし。

「そうだなぁ。じゃあ猫のキミは『ケット』にしよう！」

「おぉ、いい名前なのニャ！」

どうかな、猫の精霊であるケット・シーを参考にしてみたんだけど。

「あ、ちなみに犬のキミは犬精霊のクー・シーから取って、『クー』にするね」

「捻りがないし、拙者だけ雑でござらんか⁉」

センスのないボクを名づけ親にするのが悪いのだ。嫌なら自分でつけてほしい。

「それでキミたちって……」

ついつい流れで名前をつけちゃったけれど、そもそも精霊ってどんな存在なの？

「本来の精霊は人間の目には見えないのニャ」

「え？　でも今は普通に見えているけど……」

「創造主様の作った人形に宿ることで、ゴーレムとして実体化できたでござるワン。本体は額の魔石の中に意識だけで存在しているでござるワン」

「いわば精霊ゴーレムなのニャ！」

えっ、凄くない？　あの魔石にそんな力があったの？

「でも商人さんは、色のついた石っころ程度の価値しかないって……」

「ニャニャニャ～！　ソイツの目はとんだ節穴ヤローなのニャ！」

「あの石はとんでもなく希少な、『精霊石』でござるワン～」

そうだったのか……まぁそれだけ珍しいのなら、単純にあの商人さんが知らなかっただけって可能性はあるか。でも精霊石を見つけ出したパパって何者なんだ……。

「精霊ゴーレムね。凄いのは分かったけれど、ボクはキミたちをどう扱えばいいの？」

見た目は可愛い。だからといって、ペットにして飼うわけにはいかないし。

「名前を貰えたことで、我らは正式にマスターの眷属となったのニャ。だから命令に絶対服従なのニャ！」

「絶対服従⁉　じゃあ命令すれば、なんでも言うことを聞いてくれるの？」

「もちろんなのニャ！」

「でもあんまり無茶なことは、勘弁してほしいでござるワン」

ふむふむ。つまりお使いからお庭掃除まで、なんでもござれってこと？

それは願ったり叶ったりだ。そろそろ働き方改革をしたいと考えていたところだしね。

「畑仕事は好きだから楽しいし、やりがいはあるんだけど……やれることにはどうしたって、限界があるもんね」

ジャガイモやヒマワリ畑も徐々に拡大していっているし、農具の生成や領民のみんなへの農業指導など、ボク一人の身体ではとてもじゃないけれど足りない。

そもそも五才児を朝から晩まで働かせないでほしい。これじゃ前世の社畜時代とたいして代わらないよ！

「それじゃあさっそく、二人にお願いをしてもいいかな？」

「任せるニャ！」

「なんなりとご命令を、でござる！」

よーし。手始めにまずは、ボクを屋敷まで運んでもらおうかな！

「あ、それは無理ニャ〜」

ええっ、なんでよ!?　即答で断られたんですけど？

「考えてみてほしいでござる。拙者たちの身体は創造主様の半分。ケットと二人で力を合わせても、創造主様を運ぶにはパワーが足りないでござるワン」

「あー、それはたしかに？」

幼稚園児の騎馬戦みたいな見た目になりそう。だいぶシュールだし、可哀想だ。

でも他に頼めそうなことってないんだよなぁ。役立たずなんて酷いことは言わないけれど、これじゃただの賑やかし要員だ。

「そ、それなら余がゴーレム作りをアシストするのニャ！」

「ゴーレム作り？　二人以外にも、さらに増産するってこと？」

「拙者たちよりも大きくて、いろんな機能を持ったゴーレムを作ればいいでござる。そうすれば創造主様の負担も軽減されるでござるワン」

ボクに捨てられるとでも思っているのか、二人揃って必死のアピールだ。

「あぁでもそれは無理かも。精霊石はキミたち二人に使ったのが最後だし……」

残念ながら、そう簡単に手に入る代物じゃないんだもの。

しかしそこでケットが、ちっちっちっちっと可愛らしい猫の手を横に振った。

「それなら魔晶石さえあれば大丈夫なのニャ」

「魔晶石？　魔晶石でもゴーレムが作れるの？」

「拙者たちのような自我を持った精霊ゴーレムはさすがに無理でござるが、単純な命令をこなすだけの魔晶石ゴーレムなら作成可能でござるワン」

えっ？　さらりと言われたけれど、それってもはや魔道具と同じなのでは……。

「当たって砕けろの精神で、今から実際にやってみるのニャ！」

「ゴーレムが砕けちゃダメじゃない？」

だけどそれが本当の話なら、とんでもないことになりそうだ。

それじゃあさっそく試してみよう。土人形はいろいろと作ったばっかりだし、失敗しても素材はたくさんある。

「よし、兎を真似て作ったこれにしようかな」

大きさも手乗りサイズだし、簡単な性能を試すのにはちょうどいいだろう。

ボクは余っていた魔晶石を指で摘まむと、兎の額に填め込んだ。

「……で？　この後はどうすれば？」

「魔晶石に触れながら、なにか命令してみるのニャ」

「ほうほう。えーと、じゃあ『跳ねろ』……おおっ！」

本当に動き出したぞ⁉

しかも結構なスピードで、ピョンピョンと地面の上を進み出した。

「どうでござるワン？」

「凄い！　凄いよ二人共！」

たとえ中身がオッサンでも、心はいつまでも男の子なのだ。自分が作ったものが動いたら、ワクワクするに決まっているじゃないか！

こうなると、他にもいろいろと実験したくなるのが性というもので。

どれくらいの命令ができるのか、検証してみたけれど——驚くことに、物理的な運動ならほとんど実現可能だった。

たとえば動物が手足を動かすのに必要な、関節や筋肉に似た機能とか。物体を射出させたり、回転させたりといった機械的なこともできてしまった。これは応用の幅が広いってレベルじゃないぞ？

ただし、ちゃんと欠点もあった。一個の魔晶石に命令できるのは一個まで、という絶対不変のルールだ。

ならば魔晶石を何個か使えば、複数の命令もできるのでは？

そう考えて試してみたけれど、これは挫折した。いくつもの命令を思う通りに動かす機構がないと、とてもじゃないが制御しきれなかったのだ。

たとえば蜘蛛の土人形。八本の足で歩かせようとしたんだけど、たった数歩で転倒した。なにも障害物がない地面ですら、まともに歩くことができなかった。

「創造主様、どうですかニャ？　これなら魔物をブッ倒す兵器だって作れますのニャ。そうすれば金貨だってガッポガッポ……ウニャニャニャ！」

「いや、ケット。なにを勝手に早まったことを言うのさ。それはやらないよ」

「ニャッ!?　なんでなのニャ！」

いやいやいや、戦争でも始める気？　要するに大砲や銃を作れってことだろ？

「そんな物騒なもの、ボクが目指しているスローライフには不要です」

ボクが見たいのは、争いで流れる血の色じゃない。見た者を落ち着かせる、美しいグリーンの景色なんだもの。あぁ、植物万歳！

「で、でも魔物などの外敵から自分の身を守れるのは、創造主様にとっても良いことでは……ござろうかなぁ、なんて」

うーん、たしかにクーの言い分は正しい。害虫、害獣は農家の悩みの種だ。

あくまでも自衛目的で作っておくべきかな？

「戦闘以外がご所望ならば、耕作用ゴーレムを作ればいいのニャ！」

「ケットの言う通りでござる。誰かを傷つけるためではなく、生活が便利になる道具にするでござるワン！」

おぉ、それなら良いかも。農業に使える機械があればなぁ、とは常々考えていた。でも異世界だし、半ば諦めていたけれど……もしゴーレムがその代わりになれば最高だ！

「じゃあ、やってみようかな」

最初はハンディタイプの草刈機でも作ってみようか。

「ニャッ！　それなら余はでっかくて、ごっついのがいいのニャ！」

「拙者はビューンと速く動けるのが欲しいでござるワン！」

「え？　あ、うん。いいけど……？」

二人共、調子がいいなぁ。まぁ可愛いからいいけどさ。

「繰り返すけど、ボクの目的は平和なスローライフなんだからね。あんまり目立つようなゴーレムは作らせないでよ？」

――そして作業開始から、数時間後。

「コーネル、僕の言いたいことは分かりますね？」

「ご、ごめんなさい」

ボクは屋敷の前で絶賛土下座中だった。謝罪の相手は、日が暮れても帰ってこないボクを心配して探しにきたエディお兄ちゃん。

「で？　今度のコレはなんですか？　説明してくれるんですよね……あのやたら目立つゴーレムについて」

エディお兄ちゃんの冷ややかな視線の先で、ケットとクーがボクの作った芝刈り機ゴーレムに乗って領内を爆走していた。

第四章　菜食健美

「ネルちゃんはしばらく、畑仕事を禁止にします」

精霊のケットとクーがボクの眷属となった数日後。自室のベッドで横になるボクに、ママは死刑宣告ともいえる言葉を発した。

「えっ、そんなぁ!?」

「ネルちゃんはまだ幼いのに、いつも頑張り過ぎちゃうんだもの。それに今の状況がなによりの証拠でしょう？」

「うっ……」

痛いところを突かれ、思わず鼻声で呻いた。

どうやらこの世界にも風邪はあったらしく、今のボクは熱でベッドから起き上がるのもしんどい状態だ。

だけど病気になったのは、畑仕事で身体を酷使したからじゃなくて、たまたま遅くまでゴーレム作りをしていたせいなんだけどなぁ。普段の生活リズムは早寝早起きだし、野菜中心の食事を心掛けている。ほら、前世よりもよっぽど健康的なんだよ？

「ネルちゃん、いつも頑張ってくれてありがとう。ママはね、とっても感謝しているのよ」

「うん……でもボク、お外に行きたいよ」

「それはまた元気になったらね？」

「うぅ～……」

ゴロゴロできるのも嬉しいけれど、外での畑仕事ができないと落ち着かない身体になってしまっている。それになにより、せっかく作ったゴーレムを動かせないなんて！

そんなボクの葛藤を見抜いたのか、ママがそっと頭を撫でてくれる。

「大丈夫、ちゃんと約束は守るわ。だから今はゆっくり休んでちょうだい。……治るまで家から出ちゃダメだからね？」

「……はぁい」

ボクの返事を聞いたママは、安心したように部屋を後にする。

「あら、ケットちゃんにクーちゃん。二人もお見舞い？」

今度はママと入れ違いになるように、精霊ゴーレムの二人がボクのいる部屋に入ってきた。

「ママさん、どうもなのニャ」

「お邪魔するでござるワン」

当たり前のように挨拶を交わしているけれど……たった数日で馴染み過ぎじゃない？

昔からいる住人みたいな貫禄があるんだけど、家族のみんなは違和感とかないわけ？

そんな疑問をエディお兄ちゃんに伝えたら、

「コーネルが発端なら、仕方ないかなって思いまして……」

――はい、ボクの自業自得だったみたいです。

ちなみにお兄ちゃんもすっかりケットたちのことを気に入っていて、画家のジョブを活かして彼らに色を塗ってあげていた。今ではお殿様の格好をした黒猫と、忍び装束を着た白い忍犬という、立派な男爵領のマスコットになっている。

「創造主様！　体調はいかがでござるワン！」

「ニャニャニャ～ン♪」

「二人共……ありがとね」

お見舞いに飾る巨大ヒマワリの花……じゃなくて、種の方を持ってきてくれたケットとクーにお礼を言いつつ、みんなの優しさをしみじみと感じていた。

前世では社会人になってからはずっと一人暮らしで、体調を崩しても見舞いに来てくれる人なんていなかったんだよね。病むと精神まで弱ってくるし、今の環境はとっても恵まれているなぁ。

「とはいえ寝ているだけっていうのは、やっぱり暇なわけで」

掛け布団をめくると、のそのそとベッドから降りた。

ちなみにこの布団は、鳥型魔物の羽毛で作った高級品である。着古した服をツギハギにしたものを長年使っていたんだけど、つい先日バイショーさんから新品を購入したのだ。

ふっかふかで保温性抜群、厚みは二倍なのに軽くて寝心地は二倍以上。本当にジャガイモ産業さまさま、種芋を支援してくれた侯爵様には足を向けて寝れないなぁ。

――なぁんて意地の悪いことを考えながら、ボクは足音を立てないよう静かに部屋を出た。

「創造主様、どこへ行くのニャ？」

「ママさんが寝ているように言っていたでござろうワン？」

後をついてきた二人も、ボクに倣うかのようにそろそろと廊下を歩いている。

「うん。だからこうして家の中を歩いているでしょ？」

ママの言いつけ通り、外に出るつもりはない。これから向かうのはキッチンだ。

いやね、こうして風邪をひいたことで、さすがのボクも反省したんですよ。前世みたいな不摂生な生活を送りたくないからスローライフを目指したはずなのに、働き過ぎて病気になっていたんじゃ本末転倒だもんね。

「そこで考えたんだ」

ボクの目標はスローライフだ。そのためには健康でなければならない。つまり病気にならないような身体作りが必要不可欠なのだ。

そしてそのための手段は……そう、青汁である！

「というわけで青汁を作ります！」

「いや、青汁ってなんなのニャ⁉」

「話が唐突過ぎて、拙者たちがついていけないでござるワン」

ぇぇっ、青汁をご存知でない⁉　飲んだ者のあらゆる病を癒し、巨万の富を授け、想い人との縁を結ぶとされる、あの伝説の飲み物を？

――とまぁ、詐欺広告みたいな冗談はさておき。

「ここでミキサーゴーレム君の登場です」

キッチンにやって来ると、そのまんまミキサーの見た目をしたゴーレムを棚から取り出した。

これは粘土で作ったプロペラ型の刃に、高速回転するよう命令を与えた魔晶石を組み合わせたものだ。本物ほど高性能じゃないけれど、命令次第で自由に回転数を変えられるので、粗みじん切りからジュース作りまでこなせる中々の自信作だ。

いやぁ、魔晶石ゴーレムでいろいろと作れないか試しておいて良かった。

「あとは材料……は当然、我が家で採れた自慢の野菜だよね」

手元で使えそうなものは大麦の若葉にキャベツ、ピーマンや人参などがある。どれも新鮮でツヤツヤ、美野菜過ぎて眺めているだけでも胸が高鳴ってくる。

本当はフルーツを育てられたら良かったんだけど、苗木が希少で手に入らなかった。そちらはバイショーさんに仕入れを依頼中なので、またいずれの機会に。今はある材料で作ってしまおう。

「さぁ、ミキサーゴーレム君。美味しいジュースを作ってくれたまえ！」

ボクは台の上に並べた野菜たちをミキサーゴーレムの中に次々と放り込むと、スイッチである魔晶石に「回転しろ」と命令する。

するとたちまち刃が回り出し、最初はゆっくりと、次第に速度を上げて回転を始めた。そして野菜たちはあっという間にペースト状になっていく。

「うんうん、良い感じだね」

あとは水を加えて粘度を調整すれば完成だ。

「なんだか見た目が怖いニャ……」

「拙者もそう思うでござるワン……」

「うーん？　なんでこんな色になっちゃったんだろう」

今回使用した材料だと、濃い緑色になるはずだった。だけどコップに注いだ青汁は、文字通り真っ青だった。

いやまぁ、たしかに見た目はちょっとだけ異様かも？　けれど中身は野菜なんだから、健康に良いはずだ。それに味だってそこまで悪いはずが……。

ケットたちに見守られながら、おそるおそる青汁の入ったコップに口をつける。

「うっ……!?」

どうしよう、すっごい苦い。苦味って極限までいくと、涙が出てくるって知らなかった。

しかもドロッとしたのど越しが最悪で、まるでヘドロを飲んでいるみたいだ。これはもう青汁というか、もはや青ドロ？

「創造主様……だ、大丈夫でござるか？」

「うぅっ、吐ぎぞう～！」

ボクはコップの中身をどうにか空にすると、そのまま床に突っ伏してしまった。

でもダメだ、愛する野菜を吐いて無駄にするわけにはいかない。

「身体が熱い！」

不快感に耐えていると、胃がカッと熱くなってきた。やがてその熱は血管を通すように、全身へと回っていく。なんだこれ、ひょっとしてまずい状況？

「だ、大丈夫かニャ⁉」

「創造主様、気をたしかに！」

二人が心配してくれるけれど、ボクはそれに答える余裕はなかった。

そして数分後。ボクの身体から熱が引いていくと、今度は妙な感覚に襲われた。

「……あれ？」

さっきまで感じていた風邪の怠(だる)さがすっかり消えている。熱や頭痛、鼻水や喉の痛み……すべてが楽だ。むしろ普段より身体が軽い気がするぞ？

「よく見れば他にも……」

農作業をしていると、どうしても手足に細かい傷ができるんだけど、それらが綺麗さっぱりなくなっている。煩わしく感じていた足の成長痛もない。

ひょっとして、青汁のおかげ？

「……あ、あのぅ。創造主様？」

「見てよクー、青汁って凄いって言ったでしょ⁉」

「いやその、それは分かったでござるが……」

なんだよ、もう。まだ疑っているの？

こうなったら毎日飲んで、青汁の効果を立証してみせ――、

「ネルちゃん……？」

「マ、ママ⁉」

服をクイクイと引っ張るクーの方を見ると、そこには男爵家の三人がドン引きした表情でボクを見下ろしていた。

「あ、あれ？　なんでみんながいるの？」

あたふたするボクに、ママは呆れ顔で溜め息を吐く。

「部屋にネルちゃんがいないから、心配で探していたのよ。家にいたからまだ良かったけれど……」

調理台の上に残されたミキサーゴーレムと野菜の残りを見て、ママは「また変なことを始めたわね」と二度目の溜め息を吐いた。

「それで？　今度はなにを作ったんですか？」

「えっと……健康になれる野菜ジュース？」

なんと説明したら良いか分からず、ありのままをエディお兄ちゃんに伝えた。するとお兄ちゃんは「健康？　それは興味深いですね」と言って、ミキサーに残っていた青汁を自分のコップに注ぎ始めた。

「あっ、お兄ちゃん待って」

「僕も最近は健康に目覚めましてね。栄養に気をつけなくては、と思っていたところだったんですよ。大丈夫、多少見た目や味が変わっていても、コーネルの作ったものならまったく平気で――ぐふっ⁉」

喋りながら口をつけていたエディお兄ちゃんが急にむせたかと思ったら、白目を剥いて動かなくなってしまった。

「お兄ちゃゃあああん⁉」

「ほう、なにやら面白そうだな！　俺も飲んでみよう」

なにを言っているのパパ！　自分で作っておいてアレだけど、本当に味は酷いんだから！

だけどこうなったパパは誰にも止められない。さっさと自分の分を用意すると、腰に手を当てて一気に飲み干してしまった。

だ、大丈夫かな……？

「ぐっ⁉　これはたしかにキッツイな……だが、不思議と癖になる！　ネル、お代わりだ！」

う、嘘でしょ⁉

笑顔で二杯目を呷るパパの正気を疑いつつも、二杯目を用意してあげると……。

「うぉぉぉっ⁉　今度は爽やかな甘酸っぱさがブワァッときた！　美味いぞ！」

いやいやいや、それはさすがにおかしくない？　もはや味覚がバグっているよ！

信じられない、とボクがパパの言動に驚いている一方で、今度は隣にいたママが興味を示し始めた。

「パパ、ちょっと肌ツヤが良くなっていない？」

「やっぱりそう思うだろう？　長年気になっていた虫歯の痛みも軽くなった気がするぞ」

「本当？　ママも飲んでみようかしら」

いや、それはたぶんプラシーボ効果だと思うんだけどなぁ……まぁいいか。本人が喜んでくれているなら。青汁の入ったジョッキを両手で可愛くクックッと飲み始めたママを、ボクはなにも言わずに見守ることにした。お兄ちゃん？　ずっと気絶したままだ。

「そういや健康で思い出したんだが、ネルは男爵領に病気の王女様が住んでいるって知っているか？」

お腹がタプタプになるまでお代わりをしたパパが、不意にそんな質問をボクにしてきた。

え、なにそれ。完全に初耳だし、お姫様なんて領内で一度も見掛けていないんですけど。それに病気って……？

「この国にいる三番目の王女様でな。王城から引っ越して、男爵領にある別邸で静養されているんだ」

つまり別邸から外に出ることはあまりないってこと？　それなら最近まで家から出なかったボクが知らないのも仕方がないか。

でも病気ならなおさら、こんな住みにくい辺境よりも王都にいた方が良かったんじゃ……って自分で言っておいて、なんだか悲しくなってきた。

「それが妙なことに、瘴気が多いと逆に体調が落ち着くんだと」

「へぇ、それまた奇妙な病気だね？」

「珍しい病で、医者にも治せないそうだ。王女様のジョブやスキルはとにかく凄くてな。王族を含めた貴族連中は、みんなチヤホヤしていたんだが……」

どうやらその王女様は、病気が原因でスキルが思うように使えなくなってしまったらしい。

それからというもの、周囲から受ける扱いがぞんざいになってしまったんだとか。

「まだ七才の小さな子だぜ？　『穢(けが)れた存在だから瘴気に好かれるんだ』とか、周りから勝手なことを言われて……まったく、可哀想に」

ボクは魔素やＭＰだなんて言っているけれど、世間一般における瘴気は基本的に忌み嫌う対象だからね。でもパパの言う通り、その子が悪いわけじゃないのに酷い話だ。

それにしても瘴気があると症状が楽になる、か。

……待てよ？　その病気の原因に見当がついたかもしれない。それが正しければ、治療の方法もありそうだ。こうなったら直接、確かめてみたいところだけど――。

「ねぇ、パパ。その子に会うことってできないかな？」


そうして三日後、ボクはその王女様が静養しているという別邸へ向かっていた。

もちろん友達に「今日遊べる？」みたいなノリで会えるわけがないので、事前に面会の約束を取り付けてもらってある。

でもボク一人なら許可するって条件をつけられたのはなぜだろう。パパは「大人が嫌いだからじゃないか？」なんて言っていたけれど……ちょっぴり不安になってきた。

「思っていたよりこぢんまりしているなぁ」

王女様の別邸は川沿いの静かな場所にあった。魔物対策の塀があったり警備の人がいたりするけれど、それにしても質素だ。ボクの家より小さいんじゃなかろうか。

門番に用件を伝え、門を抜けて敷地内に入ると、

「わぁ……」

綺麗な花々が咲き誇る庭園がボクを出迎えてくれた。パンジーやガーベラ、百合っぽい花か

ら薔薇まである。ちなみにボクが広めた巨大ヒマワリもあった。王女様が気に入ってくれたんだろうか。だとしたら嬉しいな。

「あ、あの〜……」

ボクは近くで水遣りをしていたメイドさんに声を掛けることにした。すると彼女は「少々お待ちください」と言って、屋敷の方へと駆けていく。

「お待たせして申し訳ありません」

庭園を眺めながらしばらく考え事をしていると、今度は初老の執事さんがやって来た。

その後ろには、銀色の髪をした小さな女の子もいる。領にいるような平民の服じゃなく、落ち着きのある紺色のワンピースドレス姿だ。ティアラとかアクセサリーはないけれど、隠しきれない高貴なオーラが出ている。どうやら彼女が件の王女様のようだ。

「初めまして、コーネル＝ジャガーと申します。本日は時間をいただき、ありがとうございます」

ボクの方から自己紹介をしたけれど、二人の表情は硬い。王女様の方なんて人形のように真っ白な顔をしているし、近寄りがたいオーラさえ感じられる。

うーん、これは歓迎されていないかも。仕方ない、手短に用件だけ済ませて帰るか……と諦めかけたそのとき、女の子が口を開いた。

「貴方、何者ですか……？」

「……えっ？」

「事前には五才の子供って聞きましたけど、それは嘘ですよね？」

王女様が発した言葉にボクは耳を疑った。

嘘？　いや、ボクは見た目通りの五才児ですよ？

「あの、すみませんがその質問の意味が――」

「本当のお名前はレン、というのでしょう？」

＊　＊　＊

濃いワインのような紫の瞳は、コーネルをしっかりと捉えて逃さない。かたや前世時代の名前を不意に告げられたコーネルは、時が止まったかのように身体を硬直させていた。

「わたくしはアイリス＝サンレイン。ご存知の通り、サンレイン王国の第三王女ですわ」

「え、えっと……」

「随分と大人びた内面をお持ちのようですが、どうも嘘は苦手のようですわね」

挑発するような物言いをされても、もはやコーネルは口をパクパクさせるだけの人形と化しており、なにも言い返すことができない。そんな彼を見て、アイリスは確信した。目の前にいる幼児は、ただの幼児ではないと。

「残念でしたわね。わたくしのジョブは【審判者】。そして《心眼》スキルは万物の正体を見抜くことができるのです」

アイリスは事もなげにそう言った。サンレイン王国において、このジョブを持つ者は自分一人だけであり、発現した時点で王位継承者の上位に加えられるほどの特別なスキルを所持していた。

その稀有なスキルの力をもって、彼女は貴族たちの嘘を見抜いてきたのである。

「ふふふ……驚いて言葉も出ないご様子。親である男爵の差し金かは知りませんが、どうせ貴方も下心があって接触を試みたのでしょう？」

そしてアイリスは凍り付くような恐ろしい笑みを浮かべると、まるで獲物を見つけた獣のような目つきでコーネルに近づいた。

「えっ？」

あまりの突飛な行動に、コーネルは目を白黒させた。王女様が目の前に来たかと思えば、いきなり両手を握られたのだから当然だろう。しかもただ握るだけではなく、自分の顔をジッと覗き込んでくるのだ。

「お嬢様」

「大丈夫よ、スチュワード。貴方はそこで待機してなさい」

モノクルをかけた執事がアイリスの行為を止めようとするも、彼女はピシャリと拒絶する。

「あ、あの……」

そんな状況にドギマギするコーネルだったが、次の瞬間、彼はさらに度肝を抜かれることになった。

「わたくしのスキルは、その者が隠したい過去の秘密を暴きます。さぁ、なにを企んでここへやって来たのか、見せていただきましょう――《心眼》」

その瞬間、アイリスの瞳が紫から青、緑や赤へと次々に変化していく。そして虹のようなグラデーションを見せたとき、アイリスの脳内にとある映像が流れ始めた。

「これは……」

彼女が視たモノ。それは天まで届きそうな高いビルに、見たこともないフォルムをした馬のない銀色の馬車。そして綺麗に舗装された鼠色の道路。どれもこれもがこの世とは思えない、灰色ばかりの世界だった。

さらに炭色のスーツを着た男性が、四角い鞄を片手に忙しなく歩いていく。

「スキルの失敗？　いいえ、そんなことは……」

アイリスが使用したスキル、心眼は対象者が体験した記憶を直接覗くものだ。つまりコーネルの過去が今、彼女の脳内に嘘偽りなく映し出されているのである。

「まるで本で読んだお伽噺の世界ですわ」

彼はこの世界の住人として生きている。もちろんコーネルが妄想を描いているわけではなく、あくまでも現実として。

そしてアイリスはコーネルの過去を覗き見ていくうちに、とある推察へと至る。

「この方には前世があるということでしょうか……」

彼女は滅多に他人を信じないが、自身のスキルに関しては絶対の信を置いている。

つまり今見ているこの光景が、コーネルという男児が実際に経験した過去なのだとすれば。

彼は現在、二度目の人生を送っているということになる。

「こんな世界があったなんて、思いもよりませんでした」

彼女はその類まれなる能力のせいで、王城から出ることを禁じられていた。その力を悪意ある者に利用されないため、という警護の観点からであったが、彼女にとって城は監獄と同じだった。

そして病気に罹り、ジョブを思うように使えなくなった後はこの辺境に引き籠もった。

すなわちアイリスにとっての世界とは、王城とこの別邸、そして気晴らしに読む本の世界だけ。非常に狭い世界で、彼女は孤独と共に暮らしていたのである。

その辛い境遇は、明るく優しかった彼女の心を蝕んでいった。やがてはこの世界や神、自分の運命を強く憎むほどに。

「どれもが、わたくしの知らないもので溢れていますわ」

だが、今見ている世界はいったいなんなのだろうか。知らない人々、使い方も分からない道具の数々。冷え固まっていた彼女の心が、好奇心という情熱の炎で徐々に溶かされていく。

「わたくしの目は随分と曇っていたようですね。この世界を、もう一度しっかり見つめ直す必要がありそうです」

コーネルは呆然としたまま固まってしまっているが、アイリスにとってそんなことはどうでも良かった。

「……彼の過去はだいたい分かりました。そして彼が、どんな人物なのかも」

彼が生きたすべてのシーンを見られたわけではない。しかしその半分、いや死ぬまでの数年間を見るだけでも、彼の為人（ひととなり）を知るには十分だった。

「わたくしは、彼に……コーネル君に謝らなければなりませんね」

偶然病院で出会っただけの少女を治そうと、己の生活を顧みず奔走する優しさ。彼女が亡くなったとき、他人であるはずの彼がどれだけ悲しんだか。そして新たな患者のために、再起する心の強さ。さらには隣人のために命を投げ捨てる勇気。ここまで誰かのために行動できる人を、アイリスは知らない。

「さて、そろそろ戻りましょうか」

《心眼》のスキルを使用している間は、時が止まったかのように周囲の時間経過が遅くなる。だからアイリスは時間をたっぷりと使って、異世界を楽しむことができた。

驚いた顔のまま固まるコーネルの目を再び覗き込むと、彼女はスキルを解除した。

「あ、あれ？」

「ご無礼をお許しください、コーネル君。わたくしは貴方を誤解しておりました」

「え？　ど、どういうことでしょうか……」

過去視が終わり、アイリスはコーネルに優しく微笑んだ。だがなにをされたのか知らないコーネルは、戸惑うことしかできない。

謝罪ついでに、正直にスキルの説明をしよう……と口を開きかけたところで、アイリスは思いとどまった。今この場には執事のスチュワードがいるし、彼は己の秘密を誰にも知られたくないと思っているかもしれない。

咄嗟にそう判断した彼女は「相手の悪意を察知するためのスキルです」というあいまいな説明にとどめておいた。

「というわけでして。改めましてコーネル君、わたくしの非礼をお許しください」

「あ、はい。お気になさらず……」

なんだか狐につままれたような気分だが、コーネルはそれよりも握られ続けている手の方が気になって仕方がなかった。

「あっ⁉」

遅れて気がついたアイリスの顔が、かあっと赤くなる。

「す、すみません」

「えっと、こちらこそ？」

手を放し、お互いに距離を置いてペコペコと謝り合うという、なんとも不思議な状況になった。収拾がつかなくなった二人は今回のことは流し、本題に移ることにした。だがアイリスの顔は元に戻るどころか、赤みを増すばかりだった。

「それでコーネル君は……ごほっ」

「アイリス様⁉」

突然、咳き込むようにして胸を押さえるアイリス。コーネルが慌てて駆け寄ろうとすると、それまで主の命(めい)を守り一貫として部屋の隅に控えていた執事が先に飛び出した。

「お嬢様、ですからスキルの長時間使用は危険だと……」

「スチュワードさん、アイリス様は……」

「コーネル様。お嬢様は体調が優れないご様子。申し訳ありませんが、本日のところはお引き取り願えますでしょうか」

＊　＊　＊

男爵邸に戻る道すがら、ボクは足を止めて王女様の屋敷を振り返った。

「大丈夫かな、アイリス様……」

帰る間際、ボクはスチュワードさんに声を掛けていた。

「あの、アイリス様は病気なのですよね？」

「……はい」

「それは……その……」

どういった症状なのかと聞きかけて、ボクは口を噤む。今日会ったばかりのボクが踏み込んで良い問題なのか、迷いが出たからだ。

だけどスチュワードさんはボクの意図を汲み取ったのか、小さく溜め息を吐いた。

「いただいた手紙を拝見しましたが、コーネル様はお嬢様を病気から救うためにここへやって来たのですよね？」

「……はい」

彼の言う通り、ボクは王女様の病気が治せないかと思って面会を求めていた。前世で得た医学の知識を使えば、なにか治療の糸口が掴めるんじゃないかって。

「そのお気持ちはとても嬉しいのですが、残念ながらそれは無理なのです」

「ど、どうしてですか？　なにか特別なスキルやアイテムが必要とか……？」

薬草などでは効果がないのかと思いきや、スチュワードさんは悲痛そうな表情で首を横に振った。どうやらそうではないらしい。

「お嬢様は不治の病……というよりも、呪いに近いのかもしれません」

「呪い……」

「すべての発端は、お嬢様の七才の誕生日。王妃様の崩御がキッカケでした」

アイリス様は母親を亡くしたことで、心を許せる人がいなくなってしまった。父親である国王は多忙であまり会えず、周りの貴族たちはアイリス様を有能なスキル持ちとしか見ていない。唯一の例外が、生まれた時から身のまわりの世話をしていた使用人――すなわち、目の前にいるスチュワードさんだ。

でもそれと病気に、どんな関係があるんだろう。

「コーネル様は、スキルがどうやって発動されるかをご存知ですか？」

「具体的にどうしたいか、自分の意志で願うと、それに合ったスキルが自動で発動される――ですよね？」

ボクであれば、『土よ、柔らかくなれ』と願うとスキルが発動する。このとき、スキルの名前を言葉にしたり、指パッチンをしたりといった特定の行動をする必要はない。じゃないと口を塞がれたり、拘束されたりしたら発動できなくなってしまうからね。

「心を病んだお嬢様は対人への恐怖から、『他人の心を知りたい』と考えるようになってしまいました。それがトリガーとなり、無意識にスキルを……」

スチュワードさんの言う通りならば、勝手にスキルが発動している状態ってこと？

「見たくもない他人の本心や過去を見る羽目になったお嬢様は、みるみるうちに衰弱していきました。それを見かねた陛下が、この辺境で静養することを提案したのですが……」

アイリス様が追放された本当の理由は、スキルが使えなくなったことではないらしい。

なにせスキルを使い続けている状態はかなり危険だ。いわばボクが《粘土工作》を限界まで使用するのと同じくらいに。

そう、つまり彼女は日常的にＭＰが枯渇している状態らしい。そんな中で今回のように無理やりスキルを使えば、体調を崩すのは当然で……。

「すでに疑心暗鬼に陥っていたお嬢様は、静養の提案を追放だとお考えのようでした。以来、私やメイド以外の意見に耳を貸さなくなってしまいまして……」

「だからボクのことも、最初から疑ってかかっていたんですね」

「お父上である国王陛下のことも信じられない状態でしたので。陛下も、苦渋の決断だったはずなのですが」

そんな背景があったなんて……。だけどアイリス様が孤独を選ぶようになったのも分かる気がする。

「でもどうして辺境に？」

「これまでも何人か、お嬢様と同じような症状が出た者が国内におりましたので。彼らは治療法を求めて各地を回った結果、この地がどういうわけか症状が和らぐと結論づけたようです」

「そうだったんですか……」

神様に見放された土地に、呪いを受けた者。どちらも世間からの爪弾き者ってわけか。

「ですが、その効果も長くは続きませんでした。お医者様からも手の施しようがないと……」

アイリス様の状態は日に日に悪化していったらしい。そしてとうとう、彼女は自分の死期が近いのだと悟ってしまったという。

「でもどうしてスチュワードさんは、ボクにそこまで教えてくれたんですか？」

「コーネル様は、お嬢様が唯一認めた御方だからです」

スチュワードさんいわく、《心眼》の後にここまで誰かと接しようとしたことは初めてだったそうだ。ましてや謝罪してスキルの内容を打ち明けるなど、あり得なかった。

「もしかするとお嬢様は最期を迎える前に、お友達が欲しかったのかもしれません」

王女様は【審判者】というジョブのせいでずっと孤独だったらしいから。《心眼》スキルでボクのなにを見たかは知らないけど、きっとなにか思うところがあったんだと思う。

「あの、スチュワードさん」

「なんでしょう？」

「一週間後……いえ、三日後にまたアイリス様に会わせてくれませんか？」

ボクはどうしてもアイリス様にもう一度会って、確かめたいことがあった。だからダメ元でも良いからお願いしてみる。

「コーネル様、本当によろしいのですか？」

「はい」

「お嬢様の精神は非常に不安定です。死の間際である彼女を万が一にも傷つけたら、陛下は……いえ、私は貴方を許せません」

スチュワードさんの言葉はもっともだ。きっとどんな手段を用いても、ボクのことを痛めつけるだろう。それくらい、この人はアイリス様を愛している。

正直、ボクが考えている計画が上手くいくかは分からない。だけど……それでもボクは、彼女を見捨てることができないんだ。

「……分かりました」

ボクの意志が固いことを悟ったのか、スチュワードさんはそれ以上なにも言わなかった。

「あれから三日経ちましたか。――コーネル様の覚悟に変化はないようですね」

「はい。アイリス様に会わせてください」

再びアイリス様の屋敷を訪れたボクは、スチュワードさんにお願いして応接間に入れてもらった。大丈夫、覚悟はもう決めてきた。

「先日は急に帰らせてしまって、ごめんなさい」

「お気になさらないでください。それより体調は大丈夫ですか？」

「えぇ、今はだいぶ落ち着いておりますわ」

ボクを笑顔で出迎えてくれたアイリス様。強がっているけれど、やつれた印象は隠しきれていない。メイクで無理やり顔色を誤魔化しているのがバレバレだし、壁際に立っているメイドさんがさっきからチラチラと不安そうにアイリス様を見ている。

あんまり時間をかけるのも良くないな、さっさとアイリス様を楽にしてあげよう。

「単刀直入にお伝えしますが、アイリス様にはこちらを飲んでいただきたいのです」

そう言ってボクが肩掛け鞄から取り出したのは、濃いマリンブルーの液体が入ったガラス製小瓶だった。

「これは……？」

「青汁です」

「あ、青汁？」

ボクの手元を凝視していたアイリス様の紫色の瞳が真ん丸になった。ふふふ、なにが出てくるかと思った？　そう、青汁だよ！

「えっと、回復ポーションかなにかでしょうか？」

「……コーネル様？　私、忠告いたしましたよね」

「だ、大丈夫ですよスチュワードさん！　それにこれは、ただの回復ポーションとは違います。アイリス様のためにボクが試行錯誤を重ねて生み出した、究極の青汁なんです！」

自信満々のドヤ顔でゴリ押す。するとアイリス様の目の色が変わった。文字通り、虹色に。

「……分かりました。怪しげな儀式のような製法でしたが、たしかに素材は食材のみ。おそらくは安全でしょう」

スキルを使って、ボクがとった過去の行動を見たんだろう。だけどその代償で、さらに顔色が悪くなっているけれど大丈夫かな。

「試飲で気絶した御方がいるようですが、すぐに元気になっておられましたし」

エディお兄ちゃんのことも見たんだ……やばい、スチュワードさんが青筋を浮かべている！

「お嬢様……」

「大丈夫です。コーネル君は本当に、わたくしのためにこれを用意してくださいました。その気持ちには応えるべきでしょう」

ねぇ、アイリス様？　死地に向かう戦士みたいな、諦観の籠もった目をしているのはどうして？　大丈夫だって知っているんだよね？

もう引き返せないと覚悟を決めたのか、アイリス様は小瓶の先に口をつけ、一気に傾けた。そしてゴクゴクと喉を鳴らしながら青汁を飲み干していく。

「うぐっ⁉」

「アイリス様っ！」

小瓶が空になったところで、胸を押さえて苦しみ出した。スチュワードさんが慌てて駆け寄ろうとするけれど、アイリス様はそれを片手で制止する。

「だ、大丈夫です。ですからその手にある物はしまいなさいスチュワード」

「……本当ですかお嬢様」

「本当です。わたくしが嘘を嫌っていることはご存知でしょう」

アイリス様が息を絶え絶えにしながらスチュワードさんに言うと、ボクに向けられていた殺気が消えた。

た、助かった。もう少しで二度目の死を迎えるところだったよ。

「コーネル様、これはいったい？」

「えっと、アイリス様の病を治すための栄養剤……みたいなものです。ボクなりに効きそうな野菜を一から育て、それを材料にしました」

ボクが見た感じ、アイリス様は慢性的に魔素が不足している状態だった。常にスキルが発動してしまっているということは、ＭＰが常にギリギリの状態だったんだろう。

それでもギリギリ生活できていたのは彼女のＭＰ回復能力が高いか、精神力が異様に強いかのどちらか……いずれにせよ危ない状況だったと思う。だからボクは魔素を豊富に含んだ野菜で青汁を作り、それを飲んでもらったというわけ。で、効果はご覧の通り。

「あとは血行が良くなるようにショウガを。滋養強壮にニンニク、貧血予防に鉄分の豊富なほうれん草……他にもアイリス様が不足していそうな栄養を補える野菜を選んでみました」

「な、なるほど……」

ボクの説明を聞いて、スチュワードさんはようやく納得してくれたらしい。

「アイリス様、容態はどうですか？」

「……落ち着いていますわ」

どうやら本当に大丈夫みたいだ。その証拠に、さっきまで苦しんでいたアイリス様が今は平然としている。顔色もだいぶ良くなっていたし、肌ツヤも抜群だ！

「コーネル君。ありがとうございます。本当に、ほんとうに……」

「よ、良かったです」

感極まって泣き出すアイリス様に釣られて、ボクも涙ぐむ。

「ちゃんとレシピと専用のミキサーゴーレムも届けますからね。毎朝飲んでおけば、少なくとも魔素の欠乏状態は解消できると思います。そうすれば外に出られるようになりますし、いずれは王都に戻ることも可能になるでしょう」

「ほ、本当ですか！」

野菜の販路がしっかりすれば、男爵領から王都まで野菜を安定して届けられるようになるし、そうすればここで静養する必要もなくなるだろう。と説明すると、アイリス様は喜色満面となった。お父さんを恨んでいるようなことも聞いたけれど、やっぱり心の底では家に帰りたかったんだよね。

「お嬢様、はしゃぎたくなるお気持ちは分かりますが、今は安静になさってください。まだ病は完全には治っておりませんので」

「そ、そうですわね。コーネル君、貴方には心からの感謝を。――ありがとう」

スチュワードさんの言葉に従って横になるアイリス様。ボクはそんな彼女の枕元で青汁の作り方や注意事項を細かく説明したのだった。

＊　＊　＊

それから数日後のこと。すっかり元気になったアイリス様は、ボクのことを屋敷に呼んでくれるようになった。どういう風の吹き回しかと思えば、ボクと友達になりたいのだとか。心を許してくれたことが、なんだかくすぐったいような、嬉しいような。

そして今日はボクにお願いがあるというので、アイリス様の屋敷にあるお庭へやって来たのだけど……その内容はあまりにも予想外なものだった。

「こ、コーネル君」

「は、はい」

「わたくしと……婚約していただけませんか？」

「……へ？」

アイリス様からの思いがけないプロポーズに、ボクの口から素っ頓狂な声が漏れた。

婚約ってあの婚約ですよね？　でもこの前まで没落しかけていた男爵家の末っ子が、この国の第三王女様と夫婦になるなんて、さすがになにかの冗談なのでは……。

「いくらなんでも友達から飛躍し過ぎじゃないですか？」

スコップで花壇に花の苗を埋める作業をしていたアイリス様に、そう訊ねた。この花はボクが快気祝いにプレゼントしたもので、王都から仕入れたアヤメだ。そして別名はアイリス。花の色はパープルで、同じ色の瞳をした彼女にお似合いだと思って選んでみた。

それを伝えると、アイリス様はとっても喜んでくれて、さっそく花壇に植えるといって自ら庭作業を始めたのだけど……どうして婚約なんて突飛な話が出てきたのだろう？

「ほら、一般的に病後が大事だと言いますでしょう？」

「はぁ……」

いや、婚約とどう話が繋がるのかっていう点を説明してくれませんか？

「王城へ戻れると聞いて、わたくしも当初は喜んでいたのですけれど。冷静に考えてみればまだ病み上がりですし、しばらくはここで様子を見た方が良いとスチュワードに言われまして」

「スチュワードさんが？」

あれだけボクを敵視していた殺し屋――じゃなくて、執事さんがそんなことを提案するなんて意外だった。

「私はあくまでも、お嬢様の体調を最優先に考えた結果です。本来ならこんな辺境の田舎にお嬢様を置いておきたくはないのですが」

「まぁ、そうでしょうね」

「コーネル様は、欲にまみれた王都の汚い大人よりもマシですから」

それは褒められている……んだよね？

でもスチュワードさんの言い分は理解できる。以前のようにスキルを使えるようになったと分かれば、彼女を利用しようとする厄介な貴族たちに再び目を付けられるわけだし。しばらくはここで静かに過ごさせた方が良いと判断したのも頷ける。

「そういえば隣領のマニーノ＝モージャー侯爵も、わたくしを狙っていた貴族の一人ですね」

「はぁっ⁉　いやいや、どれだけの年齢差があると思っているんだよあの人……」

年下が好みってレベルじゃ済まされないぞ？　そりゃあスチュワードさんも、ボクと婚約させた方がまだマシだと苦渋の選択をするわけだよ！

「しかしわたくしの都合でこの地にとどまるとなると、建前となる理由が必要でして」

「お嬢様は貴族以外に陛下からも、王城に帰還するよう求められていますからね」

「そこで考えたのが婚約ってことですか」

先手を打って結婚相手を見繕っておけば、余計な虫もつかずに安全だものね。

「ご明察ですわ。ほら、言ったでしょうスチュワード。コーネル君は非常に聡(さと)いと。話が早くて助かります」

こちらに可愛くウインクしながら、茶目っ気たっぷりに話すアイリス様。その様子は本当に楽しそうだ。

どこまで彼女が本気なのかは分からないけれど、これはボクの一存で断れる話じゃない気がする。そう思ってスチュワードさんを見ると、苦虫を噛み潰したような顔で頷いていた。

うぐぐぐ、おそらくパパに泣きついたところで「良かったじゃないかネル！　逆玉の輿だな、ガハハハッ」なんて一蹴されてしまうだろう。他の家族も……うん、ダメだ。やっぱり断れないやつだ！

「諦めてください、コーネル君。正式な発表は当分先ですし、悪いようにはしませんから……あ、それともすでに意中の女性でもいましたか？」

「いないよ！　そもそもボクはまだ五才だよ？」

「ふふふっ、そうですか。では是非ともわたくしと仲良くしてくださいませ……末永くね？」

ぐぬぬぬ、プレッシャーが凄い。善意で助けたつもりが、とんでもないことになったぞ。

——いや、待てよ？

「分かりました。取りあえず、お友達からでお願いします」

「まぁ！　ありがとうございます！」

ボクが了承の意を伝えると、アイリス様は嬉しそうに顔を綻ばせた。

なにせ彼女は七才、まだ慌てることはない。成長するうちに、他に良い人を見つけるに違いないさ。ここはひとまず、適当にお茶を濁しておけば……。

「わたくしの人生を変えたのですから、しっかりと責任を取っていただきますからね」

「だから言葉が重いですって！」

＊　＊　＊

詳細は後日改めて、という言伝を預かったコーネルは、アイリス王女の住まいを後にした。

去っていく際の後ろ姿は哀愁の漂う疲れたオジサンそのもので、社畜だった彼の前世時代を知るアイリスはそれを見て、必死に笑いをこらえていた。

「良かったのですかお嬢様？　コーネル様に、あのような提案をされて……」

「あら？　スチュワードも婚約に賛成してくれたじゃない」

「それはそうですが……彼に負担をかけるのは、お嬢様にとってあまり本意ではなかったのでしょう？」

気遣い屋な執事の言葉をアイリスはクスクスと笑いながら、「それはそうね」と答えた。

なにしろ命を救ってくれた相手なのだ。恩を仇で返すような真似は、王族としての誇りが絶対に許さない。

「でもこれはコーネル君を守るためでもあるのよ？」

「……それはどういう意味で？」

「あまり私情を挟むと目の前が曇って見えるわよ、スチュワード。ここ最近の男爵領を見て、彼の異常性に気づかないかしら？」

スチュワードはそこで初めてアイリスの真意に気づいたのか、ハッとした表情となった。

「……お嬢様が懸念されているのは、ご自身のことよりも、彼の実力が王都に知れ渡ることだったのですね」

アイリスは無言で頷いた。王都で男爵領に緑が戻ったと噂になったとき、誰もが「グレン男爵の功績だ」と口を揃えた。その称賛の声が国中に広がり、今に至るわけだが……実はまだ幼い末っ子の功績だったと広まってしまえば、果たしてどうなるだろうか？

「おそらく目敏い貴族たちはこう考えるでしょうね。『その力を手に入れれば、自領が豊かになる』って」

「そしてコーネル様を取り込もうと……さもなければ、敵になる前に消そうと躍起になる」

「はい。ですが彼はまだ自衛の術を持たない五才児です。誰かがコーネル君を庇護する必要があるでしょう。それに……」

そこで言葉を区切ると、アイリスは年相応の無邪気な微笑みを見せた。

「わたくしね……彼に一目惚れしてしまったの」

「なっ⁉」

スチュワードは驚きのあまり言葉を失った。他人との関わりを断ってばかりだった自分の主が、そんな感情を抱く日が訪れるなんて――。

「本気ですか？　でもそんな、陛下が認めるわけが……」

「ふふふっ、わたくしだって恋ぐらいするわ。それにお父様にはちゃんとお手紙を書いたの」

アイリスが手紙を取り出すと、執事にも見えるように広げた。そこには、
この国の救世主となる人物が男爵領に現れました。国益のため、王族の端くれであるわたくしがこの手で彼を確保します。

――と書かれていた。

「ね？　これならお父様も文句は言えないはずよ」

「お嬢様……」

こうなってしまうと、言ったところで考えを改めないだろう。スチュワードはこの時点で、アイリスの説得を諦めた。

だが同時に、彼女が心を取り戻したことに安堵していたのも事実だった。彼女はコーネルを異様だと評していたが、それはアイリス自身も同様だろう。七才にしてはあまりにも成熟し過ぎているのだ。

そうなってしまった原因は明白だ。スキルによって大人たちの思考をいくつも取り込んできたからである。

それは権謀術数に長けた貴族たちに搾取されないよう、アイリスが無意識で身につけた処世術。だが同時に、代償として本来の彼女が持っていた無邪気さを犠牲にしたものだった。

「彼になにかあれば、わたくしが守ってあげないと」

「お気をつけくださいお嬢様。彼を狙う者が正攻法を使うとは限りません」

「ええ、もちろんよ。ですから……スチュワードも協力をお願いね？」

アイリスはスチュワードの手を取った。そして彼の眼が大きく揺れたことに満足したのか、幼い少女とは思えぬ妖艶な笑みを浮かべた。

第五章　メシは剣よりも強し

「やっとだ、ついに念願だったコイツを手に入れたぞ……」

ククク、という邪悪な声が夜のキッチンに木霊する。実に怪しげな様子だが、目の前にある品の価値を思えば、そんな悪い笑みがこぼれてしまうのも仕方がない。

「これはあらゆる人々を誘惑し、依存させ、堕落させる。……ふふふ、実に恐ろしい」

ボクはゆらゆらと白い湯気を上げるそれを手に取ると、そっと匂いを嗅いだ。独特な発酵臭が鼻孔を通り抜け、歓喜の電気信号がボクの脳味噌を痺れさせた。

そう、これだ。このために材料の仕入れに奔走し、数多の時間をかけて実験を繰り返してきた。そうして苦労の末にようやく完成したのが——。

「んん～っ！　やっぱりピザは最高だね！」

小麦生地の上にとろりとしたチーズが乗った熱々のピザ。

そう、世界最強のジャンク食である！


——つい先日のこと。ボクは正式にアイリス様の婚約者となった。

男爵領の農業大臣に加えて、お姫様のお相手という重大事項が増えたのだ。

そうなるとボクの疲労度は溜まる一方だった。だからこうしてたまに厨房に忍び込んでは、美味しいものをこっそり食べているわけ。

特に前世時代で好きだった料理は、絶対に内緒にしなきゃいけない。ボクの家族はみんな食いしん坊だし、美味しいものがあるって知られたら、自分の取り分がなくなっちゃう。

「あむっ、あむあむ……このチーズの伸びがたまらない！」

生地から垂れるチーズが、まるで蜘蛛の糸のように細く長く伸びていく。それを舌で搦め取って……もぐもぐ。あぁ、幸せ。

「おっと、危ない危ない」

久しぶりのピザに感動して、夢中で貪っちゃった。残りはゆっくりと味わいながら――。

「あぁ～！　創造主様が美味しそうなものを食べているのニャ！」

「抜け駆けは良くないでござるワン！」

「うわぁっ！」

突然、背後から聞こえてきた声にボクは思わず飛び上がった。

「ちょっ、ケット？　それにクーまで！　二人共、どうしてここに!?」

「なんとなく、創造主様の不穏な気配を感じたワン」

「そうニャ！　だから慌てて駆けつけたのニャ！」

いや、気配って……うちのママじゃないんだからさ。

「あら、呼んだかしら？」

「げえっ！」

噂をすれば影が差す、とはよく言ったもので。キッチンの入り口からやって来たのは、男爵領に君臨する女帝……ならぬママだった。

「ふふふっ。とっても美味しそうなものを食べているわね、ネルちゃん」

「おいネル！　父さんたちに隠れて独り占めとは、良い度胸じゃねぇか」

「当然、僕たちにもお裾分けしてくれるんですよね？」

「うぐっ⁉」

ママに続き、パパやエディお兄ちゃんまでやって来てしまった。

ボクが食べていたのはベジタブルピザだ。玉ねぎとピーマン、そしてトマトとコーンをふんだんに使ったこの一品はみんなの大好物でもあるわけで。

「ねぇネルちゃん？　お・ね・が・い♪」

「ぐぬぬぬ……わ、分かったよぉ」

猫なで声でねだるママに、ボクはあえなく屈した。だって顔はニコニコしているのに、目が笑っていなくて怖いんだもん！

そうしてこの日、ボクがなにか美味しいものを作る場合は『必ず家族を呼ぶこと』という新たな男爵家ルールが生まれてしまうのであった。

――悲劇のピザ事件から二週間後。今度は実験的に始めたスパイス栽培が軌道に乗り始めたので、それらを使ったカレー作りに挑戦していた。

「味や匂いが似ている香辛料がこの世界にもあったのは、かなりの幸運だったなぁ」

前世では大学生活でカレー作りにハマっていたことがあって、スパイスから自作することには慣れている。というのも、当時好きだった女の子を家に呼びたかったから……という下心がキッカケなんだけどね。

でも家に誘う時点で振られたっけ。大量のカレーが鍋に残るという散々な結果だったなぁ。

そんな切ない記憶を思い出しながら、ボクは手際よくスパイスを鍋で炒めていく。

「今回はちゃんと対策もしたし、乱入されることはないはず」

熱せられたクミンやニンニクなどの香りを楽しみつつ、周囲を見渡す。

ここは我が家のキッチンではなく、ボクが即席で造り上げた隠れ家だ。領内の人通りが少ない空き地に、スキルで作った粘土でプレハブを建ててみた。

これが中々に快適で良い。いやぁ、このサイズの建造物ができるまでMPを成長させるのは骨が折れたけれど、苦労した甲斐はあったね。

「あとは魔晶石ゴーレムが作れるようになったのが大きかったかなぁ」

さすがに五才児の身体では、自分より背丈の高い建物の建設は無理だ。

というわけで、ゴーレムの出番である。

方法は簡単。スキルで粘土にした地面に魔晶石を填めて、壁や屋根の形になるようお願いすればいいだけ。簡易的な小屋ならば、ものの数分で完成してしまう。

というわけで、今ボクはゴーレム小屋で誰にも邪魔されずにカレーを作っているというわけ。

そうそう、ゴーレムといえばあのお騒がせ精霊ゴーレムにも内緒でここに来ている。前回はあの子たちのせいで家族にバレちゃったからね。

「ふふふ……我ながら完璧な作戦だな」

ボクはほくそ笑みながら火加減を調整する。

今世でカレーを作るのは初めてだけど……うん、これは上手くできそうだ！

「あらぁ？　ネルちゃんはここで、なにをしているのかしら？」

そんな声が背中からかけられたのは、ぐつぐつと煮込まれていく鍋の中を眺めていたときだった。

「マ、ママ⁉　なんでここに⁉」

驚きのあまり心臓が口から飛び出るかと思った。今度こそ完璧に気配を遮断していたのに、どうしてバレたんだ⁉

「匂いよ。ネルちゃんがお料理をしているときはいつも、美味しそうな匂いがするから」

そっか、匂いかぁ……って、お屋敷からそれなりに距離があるはずなんですけど⁉

もはや犬以上の嗅覚じゃないか！

「でも本当にいい匂いね。前回のピザも美味しかったけれど、それとも違ってスパイシーな香り……これはなんて料理なのかしら？」

「え、えぇと。これはカレーといいまして……」

どうしよう。ここのままじゃまた家族会議という名の試食会が始まってしまう。こうなったらママだけでも懐柔して、被害を最小限に抑えられないかな。

そんなボクの焦りを知ってか知らずか、ママはニッコリと笑った。

「ねぇネルちゃん。もしかして他にも、いろんな美味しいお料理を知っているのかしら？」

「へ？　いや、あの……」

「知っているのね？」

「……はい」

あ、圧が凄い！　逆らえない！

「うふふ、やっぱり。実はこの前、アイリス様とお話ししていたの。ネルちゃんの料理をこの男爵領の名物にしたらどうかって」

「え、アイリス様と？」

二人共、いつの間に仲良くなったんですか⁉

「だからネルちゃんの料理が勝手に広まる前に、できるだけレパートリーを教えてほしいの。……この意味が分かるかしら？」

こ、これはボクがこの世界に存在しない料理を知っていることに関して、ママは確実に怪しいと思っている言い方だ！

そりゃそうだよね、こんな五才児がポンポンと新発見を思いつくわけがないもの。

「パパは親バカだし、俺の息子が賢くて可愛いぐらいにしか思っていないでしょうね。でもアイリス様は違うわよ。他の貴族だって、そう遠くないうちに貴方の異様さに気づくわ」

「そ、それは……」

「ネルちゃんがどんな秘密を抱えているかは聞かない。でもね、これだけは覚えておいてちょうだい」

真剣な眼差しでボクを見据えるママ。そしてギュッと抱き締められた。

「貴方がどんな子だろうと、ママが産んだ大事な息子には変わりないわ。だから守ってあげたいの。人間というのは、自分と違う者たちを徹底的に排除する生き物だから……お願い」

「ママ……」

そっか、本当にボクのことを想ってくれているんだ……そう思うと凄く嬉しくなって、胸がじんわりと熱くなった。

「うん、分かったよ。できるだけのことは協力する」

「ありがとうネルちゃん！」

うぅ、やっぱりママには敵わないや。母の愛があまりにも偉大過ぎる。

「うふふ。でも私がここへ来たのには、もう一つ理由があるのよ？」

「……はい？　なんですかその不穏な前置きは」

実はねと言いつつ、ママがどこからともなく取り出したのは一本のスプーンだった。

「やっぱり美味しい料理は、ママだって食べてみたいもの」

「むむ⁉」

まさかそれを使って、ボクのカレーを試食する気なの⁉

慌てて鍋をガードしようとしたけれど、時すでに遅し。ママは素早い動きでスプーンを鍋に突っ込み、カレーを口に含もうとするところだった。

「もぐっ……んんんっ！　辛い！　だけど美味しいわネルちゃん！」

目を輝かせながら頬に手を当てるママ。その反応を見てボクは確信する。やっぱりこの人、自分が食べたかっただけじゃないか！

もうっ、しょうがないなぁ……と肩を落としつつ、ボクは軽く溜め息を吐いた。でもこんなやり取りですらなんだか嬉しいから不思議だ。

「しまったわね、スプーンが止まらない……あら？　なんだか身体が熱くなってきたわ」

「あぁ、うん。発汗作用のある成分が入っているからじゃないかな」

ショウガに含まれるショウガオールや唐辛子のカプサイシンは、血流を良くして身体を温めるからね。薬膳カレーを作ったわけじゃないけれど、他にも胃腸を整えるシナモンやターメリックといったスパイスの効果もあるから、健康には良いと思う。

「いえ、これはもっと違う感覚というか……んん～っ、浮かぶ炎《フロートブレイズ》！」

「えっ」

驚くことにママがなにかを唱えた途端、目の前に青白い光が現れた。ロウソクの火と同じくらいの大きさだけど、手をかざしてみるとちゃんと熱い。

「ちょっと待って、これって魔法？」

ジョブに適性があれば魔法スキルを覚えられるけれど、ママって使えたの!?

「いいえ、ママのジョブは【歌姫（ディーヴァ）】だから魔法系のスキルは使えないわ。でもなぜかしら、急に使えるような気がしたの」

ど、どういうこと!?

「もしかして……ネルちゃんの料理のおかげかしら？」

「え、えぇ～!?」

そんな効果あるわけないって言いたいところだけど、実際に目の前で使っていたからなぁ。

そういえば男爵領の野菜を使った料理って、どれも不思議な効果があったっけ。

アイリス様は青汁で持病が良くなったし、虚弱体質だったエディお兄ちゃんは野菜を食べ始めてから筋肉がついて、ネガティブを脱却し始めている。

でもスキルを新しく使えるようになる料理なんて、さすがに扱いに困るよ！

こうなったらレシピを封印して、最初からなかったことにするしか……でも苦労して作れるようになったのに、そんなのってないよ！

「あら？　もう使えなくなっているわね。効果は一時的なものみたい」

「本当っ⁉」

それなら料理を我慢しなくても済みそうだ。

だけどホッとしたのも束の間、瞳を金貨のようにキラリと光らせたママに肩を掴まれた。

「ねぇネルちゃん、これってお金になる気がしない？」

あ、まずい。なんだか嫌な予感がするぞ――？

＊　＊　＊

結局、ボクの作ったカレーはあっという間に広まった。

ママにバレた日にはもうレシピは一般公開され、一週間もしないうちに、男爵領にあるどの家庭でも作られるようになったのだ。

受け入れられるかなんて心配は、まったくの杞憂だった。一部の領民なんて熱狂的なカレーのファンになっていて、今ある畑をすべてスパイス畑にしようと言い出すほどだった。

その気持ちは分かるけど、いろんな野菜が作れなくなるのは絶対に嫌だ。だから領内の農業大臣であるボクの権限を使って、その意見は却下させてもらった。

というわけで、今ではカレーをみんなが楽しんでいる。炎系の魔法スキルが一時的に使えるようになる、という予想外な効果も含めてだ。

カレーの考案者がバレることに関しては、アイリス様が後ろ盾になってくれたことで、上手く誤魔化すことができた。代わりに王女専属の天才料理人が男爵領にいるんじゃないかって噂が生まれちゃったけれど……それに関しては事実だったりする。


「食堂の調子はどうですか、ロインさん」

「あっ、コーネル師匠！　おかげさまで大繁盛よ、忙し過ぎて困っちゃうわ～」

純白のエプロン姿にコック帽をかぶった、えくぼの似合うお姉さんが嬉しそうにオタマを振るいながら答えた。

男爵領に突如生まれた『満腹亭』という食堂の主、それが天才料理人のロインさんだ。

彼女はこの村にいる長老の孫娘さんで、なんと氷魔法スキルの使い手だ。元々は国内のダンジョンを駆け巡る若手の冒険者だったんだけれど、長老がこの男爵領に住むことになって一緒についてきた、根っからのおじいちゃんっ子だったりする。

「でも楽しそうでなによりですよ」

「そりゃあね！　食堂を持つのがウチの夢だったからさ～」

そう、実はこの料理店。ボクがオーナーではないのだ。

男爵領で栽培した野菜を使い、ボクの記憶にある料理を再現したものを、ロインさんに伝授して作らせている。だからボクはなにもしなくて良いし、たまに味見をするだけで十分だ。

それぐらい、彼女は料理が上手なんだよね。

でも彼女のジョブは料理人じゃない。夢を叶えたくとも適性ジョブではなかったために、どの料理店でも修行すらさせてもらえなかったそうだ。

「いつか自分の店を持てば誰にも文句を言われない、って考えていたんだけど。まさかこんな辺境で実現できるなんて、思いもよらなかったよ。本当にありがとう！」

「ははは、それはお互い様ってことで。ボクも助かっているしね」

ママやアイリス様と料理でお金稼ぎ……じゃなかった。村興しをしようって話になったときに、『いっそのこと食堂を作ってPRしたらどうか？』ってアイデアが出た。

問題は、誰がシェフになるかだ。さすがに五才児のボクがやるわけにもいかないし。

そこで領内で募集してみたところ、商人のバイショーさんが彼女を推薦してくれたのだ。

「それにしても師匠ってマジで何者？　教えてもらったレシピはどれも美味しいし」

「ははは……」

「味見が止まらなくなるし、おかげで体重が増えたんですけど。ねぇ知ってます？　ウチ、嫁入り前なんですよ？」

困ったように言いつつも、幸せそうに頬を緩ませるロインさん。

この人、バイショーさんと結婚する予定なのだ。夢に向かって頑張る姿にお互い惹かれ合ったらしく、近々この男爵領で式を挙げることになっている。いやぁ、めでたいね。

「でも本当にいいの？　こんなにたくさんのレシピをタダで教えてもらっちゃって」

「うん！　ロインさんが作れるようになれば、みんなが喜ぶから！」

多くの人が美味しく食べてくれるだけで、ボクは十分だよ。それに自分で調理をするのも楽しいけれど、人が作った料理を食べるのも好きだしね。

「ウチの夢が叶ったのも師匠のおかげだし……感謝してもしきれないよ」

「いえいえ、ボクの方こそ……」

二人でペコペコと頭を下げ合っていると、来客を知らせるベルがチリンチリンと鳴った。

「いらっしゃーい！」

ロインさんが元気よく出迎える。その様子を目で追っていくと、アイリス様と執事のスチュワードさんの姿があった。

「いらっしゃいませ！　お好きな席へどうぞ～！」

テキパキと接客をするロインさんに促され、慣れた仕草で窓際の席につく二人。明らかに常連の動きなんですけど、普通に馴染み過ぎじゃない？

「コーネル君、本日のケーキセットをいただける？」

「いや、ボクは店員じゃないんだけど……っていうかアイリス様、こんな平民が来るようなお店に当たり前のように通っていて良いんですか？」

さすがに毎日ではないものの、頻繁に通っているとの目撃情報が上がっている。

これまでアイリス様は自分の家に引き籠もっていたので、あまり領民とは接してこなかったけれど、魔素欠乏症の調子が安定してからは積極的に交流しているっぽいんだよね。

領民のみんなもお姫様とお話しできるのが楽しいらしく、和やかな雰囲気が領内に漂っているんだとか。

ちなみに食堂の内装はアイリス様の寄付で賄（まかな）っている。なんでも今後の成長を見越した出資なんだそうで……今ロインさんが出した紅茶のカップやケーキのお皿なんて、貴族が使うような白磁の高級品だったりする。お値段を知ったら、気軽に使っているお客さんたちもビックリするだろうな。我が家にもこんな贅沢な食器はないのに……。

「あら？　将来の夫がどんな料理を考案したのか、チェックするのはなにも不自然ではないでしょう？」

「いや、それはそうなんだけど……」

アイリス様に面と向かって言われると、なんだか気恥ずかしくなってしまう。

いくら偽装婚約だからといって、さすがに公共の場でそういう発言は――とボクが諌めると、ロインさんとアイリス様が同時に溜め息を吐いた。

……え？　なに？　なんでみんなしてそんな生温かい目でボクを見るの？

「コーネル君って鈍感なのかしら？」

「……はい？」

「師匠はなんでも知っているのに、乙女心は分からないんだね～」

いや本当になんなのさ⁉　ボクが首を捻っていると、アイリス様は「あ、そうでしたわ」と言って飲みかけのカップを置いた。

「貴方のお父様にはすでに申し上げましたが、今度このジャガー男爵領にてお祭りを開催することが決まりました」

「お祭り、ですか？」

なんだそれ、またボクの知らないところで話が進んでいる……。

「えぇ。この男爵領で採れた野菜をメインとした豊穣祭を開くのです。いわばベジタブルフェスタ、通称ベジフェスですわ！」

「ベジフェス……」

「あっ、食堂もそのお祭りに参加する予定だよ！　男爵領の野菜をただ売るよりも、その方が絶対に盛り上がるからって、ウチのバイショーが言っていたからね！」

バイショーさん、さすが商売上手だなぁ。食堂以外にも屋台があれば、領のみんなも参加できるだろうし。

それに女神サクヤ様のお願いである、『農業を普及させて豊穣神の威光を広める』ためにもお祭りはピッタリじゃないかな。

でもお祭りかぁ……前世の世界ではよく行ったけれど、この世界のはどんな感じなんだろう？　あぁ、なんだか想像するだけで楽しくなってきた！

「それでねコーネル君。このベジフェスには貴方にも参加してほしいのだけれど」

「うん、それはもちろん喜んで！」

そう答えると、アイリス様は少しホッとした後に「ありがとう」と微笑んだ。

「でもボクはなにをすればいいの？」

ベジフェスっていうぐらいだから、屋台で野菜や料理を売るのかなと思っているけれど……違うのかな？　するとアイリス様は首を横に振った。

「いいえ、料理関連はロインさんにお任せしますので。貴方にはフェスのウリとなる画期的なアイデアを出していただきたいのです」

その後もしばらくアイリス様は満腹亭でのティータイムを楽しんだ後、スチュワードさんと共に帰っていった。

ボクもロインさんとの新作メニューなどの会議を終えて、一人で帰路についたんだけど……。

「うーん、ウリになるものかぁ。なにが良いかなぁ」

前世の知識があるとはいえ、ボクにできることは限られている。特に得意ともいえる料理系は他の人に譲ることになったので、他にできることといえば……。

「薬の知識……うぅん、できなくはないか？」

青汁を病気に効く回復薬(ポーション)って形で売り出せば、人気になることは間違いないだろう。

でも薬って本来、多くの研究や治験などを重ねた末に生み出されるべきだ。今の段階で青汁を薬として売ることは、元薬品会社勤めとして抵抗がある。

アイリス様には渡していた？　あれはあくまでも緊急事態だったから。差し迫った状況じゃなければ、もっと時間をかけて安全性を確かめている。

「……そうだ、アレなら良いかも」

農家生まれと薬学の知識。それらを上手く組み合わせれば、このベジフェスに相応しい目玉商品が作れそうだ。

フェスの開催はおよそ一か月後。あまり時間の猶予はないけれど、それまでに完成させてしまおう！

＊　＊　＊

結果から述べると、ベジフェスは大成功だった。

アイリス様が国王陛下に許可を得て、貴族に根回しをして、さらには男爵領の敏腕商人であるバイショーさんの伝手を使うことで、国内から多くの人を集めることに成功したのだ。

一部の貴族が「なんであんな辺境で」「王都で男爵領の野菜を売れ」と反感を示したけれど、協賛してくれた人には今後の取引で融通を利かせるという条件を出したら、あっさりと手のひらを返した。

逆に商人たちは「これは新たな商機だ！」と、こぞって情報を聞き出そうとしてくる、とバイショーさんは笑っていたっけ。恋も商いも駆け引きが上手いバイショーさんのことだから、きっと上手くやったんだろう。

とまぁ、事前の準備もあってベジフェスは大盛況。神様から見放された魔境だと避けられ続けてきた男爵領に、大勢の人が溢れかえった。


「凄いなネル！　用意しておいた商品は、ほぼ完売状態だぞ！」

夕焼け空の下。フェスの開催場所となっている男爵家前の広場を歩いていると、興奮した様子のパパがこちらへと駆けてきた。

「うん、みんな楽しそうに買い物してくれていたね！」

今回のために、ボクはスキルを使って臨時の市場を造っていた。イメージとしては地方にある大きな道の駅だ。この建物には野菜を売る青果店を始めとして、ロインさんの出張食堂や領民の屋台などが入っている。

普段から販売している野菜は国内どこでも品薄状態なので、ここに来れば買えると聞いて、商人だけに限らず、冒険者やその他の一般人までやって来た。

本来なら戦闘スキルを持たない人は、危険な辺境まで足を運ぶことはできない。でも今回は国を挙げてのお祭りなので、主要都市から専用の乗合馬車が出ている。戦える人たちが護衛の依頼を引き受けてくれたおかげで、安全に訪れることができたのだ。

もちろんその護衛の人たちも、この男爵領で買い物をしてくれるわけで――。

「見たこともない金貨の山だったぜ。レイナとエディが、泣きながら売り上げを数えていたのが心配だが」

「それだけママたちは、お金のことで苦心してきたから……」

「それを言われると、俺はなんも反論できねぇな」

ガックリと肩を落とすパパ。でもそんなパパを慰めるように、ボクは明るい声で言った。

「大丈夫！　お祭りは大成功だったし、来年も開催すればもっともっとママも喜ぶよ！」

「おうよ！　来年はもっと派手な祭りにしてやるぜ！」

あぁ、やっぱりこのパパの子で良かったなって思う瞬間だ。こうやってすぐに立ち直ってくれるポジティブさに、我が家の面々はいつも救われている。

「そういや、ゴーレムはお披露目しなくて良かったのか？　アレがあれば、もっと注目されたはずだぞ？」

「ん？　そうだね、アレはまだちょっと隠し玉にしておきたいかなって」

そもそもボクが作った道具や魔晶石ゴーレムには、致命的な欠点がある。

それはスキルの持続時間。約一週間で元の土に戻ってしまうせいで、遠方に売り出せないのだ。まるで足の早い生魚みたいだよね。

「まぁネルが用意した目玉商品が一番の売れ行きだったし、それだけで十分だったかもな。惜しむらくは、在庫があればもっと売れたんだが……いやぁ、残念だぜ」

「パパは軽く言うけれど、あの量を作るのだって苦労したんだからね？」

散々勿体ぶったけれど、今回の目玉というのは『コーネル謹製の肥料』だ。

この肥料はボクが前世の知識を活かして作ったもので、これを撒くだけで作物の成長が促進され、含まれる栄養価がアップするという優れものだ。

もちろん効果は永続的なものじゃないけれど、それでも通常の野菜よりも二倍近く収穫量が増加するとあって、このフェスで大注目された。みんなこぞって肥料を買ってくれたみたいだし、頑張って完成させて良かった良かった。

「そういやずっと粘土で作った建物に籠もっていたもんな。近くを歩いたとき、中からすげぇ音が聞こえたが……あれはなんだったんだ？」

「あぁ、あれ？　糞(ふん)を取るために魔物を飼っていたんだよ」

「なるほどな、うるさかったのは魔物が……なっ、魔物だと？」

そう、魔物だよ。本当は家畜がいればもっと楽だったんだけど。

心配しなくても、人は襲わない。普通の魔物は魔素を食べて生きているんだけど、中には植物を食べる温厚な種類もいる。そんな魔物を連れてきて飼っていたというわけ。きっと魔素が凶暴化する要因なんだろうね。

「ま、待てネル。お前の言っている意味がちっとも分からないんだが」

「あれ？　肥料がどうやって作られているかって言わなかったっけ？」

そういやパパには説明していなかったような。

「えっとね。腐葉土や堆肥が代表的な肥料なんだけど、材料は落ち葉や動物の糞なんだよ」

これらは植物にとって必要な栄養素がたっぷり含まれている。もちろん男爵領の土だけでも栄養価は高いんだけど、それは即効性のある化学肥料に近いんだよね。だから遅効性の天然肥料と上手く組み合わせて、なるべく長い効果を持たせたってわけ。

「よく分からんが、腐葉土ってのはまだ良い。だが魔物の糞っつーのは……」

あー、そうかぁ。日本だと昔から動物の糞を使っていたけれど、慣れていないと拒否感があるのかな。でもこの肥料はとっても優秀なんだよ？

「魔物のエサは草や穀物だし、変なものは入っていないよ。ちゃんと発酵処理もしてあるから、衛生的にも安全だし」

ちなみになにを食べるかによって、この糞の効果は違ってくる。

たとえば牛みたいな動物だとゆっくりと牧草を消化するから、糞が食物繊維たっぷりになる。

それを肥料として混ぜると、土がふかふかになるのだ。

魔物が食べるエサはそれぞれ違うから、肥料に適した糞の配合を決めるのに苦労したよ。

そうそう、発酵処理にはカレーの炎魔法スキルが役立ったんだよ。魔法で熱を加えることで発酵が進んで、病原菌を殺すことができるからね。

「ネル、まさか毎回カレーを食べてその処理を？」

「……あんまり思い出させないでくれる？」

だから苦労したって言ったじゃない……。

「なんというか、つくづくお前の頭の中ってどうなっているんだ？」

「パパ？　それって褒めているんだよね？」

「だ、だってよぉ。馬鹿な俺から、どうしてこんな頭のいい子が……ってなるだろ？」

そんな腕を組みながら首を傾げないでほしいんですけど。

まぁその理由は、転生者だからなんだけどね――って言っても、どうせ信じてもらえないだろうし。ここはママの頭が優秀だからってことにしておこう。

「それよりも、アイリス様を見掛けなかった？」

「姫様か？　あぁ、そういや今日は姿を見ていない気がするな」

どうしたんだろう、まさか具合が悪くなったんじゃ？

「……って、パパ。まさか来賓の貴族にする挨拶回りを、アイリス様に押し付けたりしていないよね？」

「え？　あっと、それはその」

やっぱり！　主催者であるパパが、こんなところでフラフラしている時点でおかしいと思ったんだよね。いくら貴族の相手が苦手だからって、七才の子に任せちゃダメじゃないか。

「あっ、見ろよネル。食堂から出てきたの、あれって姫様じゃないか？」

相変わらず誤魔化すのが下手な人だなぁ。若干呆れつつ、パパが指差す方向へと視線を移す。

するとそこには、たしかにアイリス様の姿があった。

「おーい、姫様！」

「待ってパパ。誰かがアイリス様に話し掛けようとしているみたい」

領内で見掛けたことのない男性が、荷馬車の陰から彼女の様子を窺っている。

歳は我が家のパパと変わらないぐらいで、商人が着るような茶色のチュニックを着ていた。

灰色の髪が特徴的で、凛々しい顔のイケメンさんだ。身なりはしっかりしているし、不審者ではないようだけど。

「あれは……誰だろう？　もしかして、どこかの貴族の当主さんかな？」

そんなことを考えていると、アイリス様もその男性に気がついたようだった。

だけどその表情は仰天というか、真ん丸の瞳をさらに大きくさせている。

どうしたんだろう、相手の人となにかあったんだろうか——。

＊　＊　＊

「どうしてお父様がここにいらっしゃるのですか？」

念願だった再会。幾度となく夢にまで見た愛娘。しかし数か月ぶりに彼女の声を聞いて、この国の最高権力者は蛇に睨まれたカエルのように身を固まらせていた。

「……アイリス」

この辺境の村へ来るまでに——否、娘を送り出してからずっと、無数の言葉を考えてきた。

何度も手紙を書いては、破り、書き……いったいどれだけの紙を涙でダメにしたことか。

——会いたい。

——調子はどうだ？

——父を、恨んでいるか。

「すま、ない……どうか、私を許してほしい」

伝えたいことは、いくらでもあったはずなのに。緊張で乾ききった口からどうにか捻り出せたのは、許しを請うための言葉だった。

一方のアイリスは、情けなく項垂れる王を無言で見つめていた。

「これはただの言い訳だと思って聞いてくれ。王として相応しい振る舞いを。多くの利を取り、時に犠牲を払う覚悟を持て――私は幼少のころから、骨の髄にまでそれを叩き込まれてきた」

叱られた子供のように懺悔を始めた父に、娘はようやく反応を示す。

「えぇ、わたくしもそう教えられて育ちました」

「ふっ、そうだな。だがそれは私にとって呪いだった。お前のためを思ってしたことが、本当は自分の立場を守りたいだけなのでは……そんな疑念が常に付き纏っていたのだ」

真面目な国王は、王という立場を捨てきれなかった。百パーセント純粋な思いで娘のためだけを考えられたら良かったのだが、その誠実さが逆に仇となった。

「私は自分の中にある邪な感情の種が、ふとした瞬間に芽吹くのではないかと恐れていた。まるで罪人にでもなった気分だったよ……【審判者】のジョブを持つお前に、いつか裁かれるのではと怯える日々だった」

「――それで、わたくしを遠ざけたのですか？」

「この辺境にいれば、アイリスが心穏やかに過ごせる。そう考えたのは、まぎれもない本心だ。……だが今思えば、まずはお前の気持ちを確かめるべきだったと反省している」

愛する妻が遺した忘れ形見。目に入れても痛くない、そう思っていたはずなのに。

まるでギロチンを落とされるのを待つ死刑囚のように、国王は首をもたれたまま大人しく立ち尽くしている。たとえ娘に拒絶されても仕方がないと覚悟を決めたのだろう。

だがそんな父を見て、それまで険しい表情だったアイリスはフッと頬を緩めた。

「顔を上げてください、お父様。実はわたくしも、謝らなくてはなりません」

「アイリス……？」

「お父様のこと、勝手に悪者にしてずっと避けておりました。わたくしを嫌っているとスキルで判明したら……それが怖くて、距離を置いてしまいました。なので、お互い様ですね」

この僅かな時間ですっかり老け込んでしまった父の手を取り、彼女はその小さな手で力いっぱいに握りしめた。

重なる手の上に、──ぽた、──ぽた、と透明な雫が落ちた。

孤独な心たちが生んだ、冷たい雨粒だ。

それらは互いに混じり合い、一つになって今、熱を持ち始めた。

＊　＊　＊

「……ねぇパパ」

「なんだ？」

ぎくしゃくしつつも会話を始めた二人を遠目で見ながら、ボクは隣の人物に訊ねた。

「感動的なシーンっぽいのに、どうしてパパはこの場から逃げようとしているの？」

「なっ⁉　おまっ、そ、そそそんなことはないぞ⁉」

後ずさりしながらあたふたと慌てるパパを見て、ボクは自分の予感が的中したと悟った。

「まさかとは思うけれど……いくら娘に会いたいからといって、この国の王様が辺境まで来るわけがないよね？」

半ば冗談のつもりで言ってみたのだけれど、パパは額を押さえながら溜め息を吐いた。

「俺も嘘だと思いたいんだがな。あの人は基本的にすげぇ有能なのに、娘が絡んだ途端にポンコツになっちまうんだよ」

「王様のことを親バカみたいに言っているけど、パパも同類だと思うよ？」

この人もたいがい、自分の子供に甘いからなぁ。

それにしても、パパがここまで王様について詳しいのはなぜだろう。

不思議に思っているうちに、ボクたちに気づいた二人がこっちに歩いてきた。アイリス様、陛下と喧嘩しているって前に言っていたけれど、あの様子だと和解できたのかな？

「久しぶりだな、グレン。おいおい、俺の顔を見てそんなゲンナリするんじゃない」

「……陛下。ご健勝なようでなによりですよ」

「今の俺は冠も被っていない、ただの商人だぞ？　そんな下手糞な挨拶をするな我が友よ」

「えぇっ、パパが王様の友達⁉」

軽く小突くように、陛下がパパの肩をポンポンと叩く。かなり親しげな様子だけど、いったいどんな関係なの⁉　それにパパのこんなしおらしい姿、初めて見たかも……まるで借りてきた猫みたいに大人しい。

「ねぇアイリス様。この二人って……」

「昔ながらの悪友らしいですよ。お父様ったら、どうしても自分の目で親友の治める土地を視察したいと駄々をこねて、わざわざスケジュールを調整したんですって」

父と娘が仲直りした話のついでに、アイリス様は陛下についていろいろと教えてくれた。

どうやら陛下は祭りを楽しみたいからという理由だけで、入念な下準備をしてきたそうだ。

「付き合わされる護衛の方々には申し訳ないですが、こんなにもはしゃぐお父様は初めてでしたわ」

まるで幼馴染のような気軽さで話す中年男性たちを眺めながら、アイリス様はクスクスと笑う。良かった。この様子なら、わだかまりはもうなさそうだ。

「それに一度、コーネル君と直接会ってみたかったそうなんです」

えっ、ボクに？　いったいどうして⁉

「君がグレンの息子か」

いつの間にかパパとの会話を終えていた陛下が、ボクの前までやって来ていた。

「は、はい。末っ子のコーネルと申します」

ボクは膝を曲げて頭を下げる。すると陛下は「畏まらないでくれ」と言って頭を上げさせた。

そしてジッとボクの顔を見つめると、突然こんなことを言い出した。

「ふむ、なるほど……ははは、たしかに五才児らしくない振る舞いだな」

「え？」

一瞬、陛下の言葉にドキッとした。

ボクが転生者だってバレた？　ひょっとしてまずい状況？

「いやなに、我が娘アイリスがやけに達観したところがあるのでな。子供らしからぬと心配しておったのだが、近くに同類がいると思うと親としては安心した」

「は、はぁ……」

「――ん、すまぬ。馬鹿にしたつもりはない。むしろお主には感謝しておるのだ」

陛下は身をかがめると、ボクの肩に両手をそっと置いた。

「我が国の民を……なにより、我が娘を救ってくれたことに、心より感謝する。必ずこの恩には報いるゆえ、なにかあれば私を頼ってほしい」

陛下はそう言うと、ボクの目を真っ直ぐに見つめた。その瞳には強い意志が宿っているように見えて、これは本心なんだと伝わってきた。

だけど待って、王様にそんなことを言われても困る！

こういう場合は、なんて返答するのが正解なの⁉

慌てて周囲を見回すと、パパやアイリス様と目が合った。二人はまるで微笑ましいものを見るかのような視線をこちらに向けている。

あぁもう！　二人共、見ていないで助けてよ！

「陛下、そろそろお時間が……」

「ん、その顔はアイリスの執事か」

窮地に陥ったボクを救ったのは、まさかのスチュワードさんだった。彼はどこからともなく現れると、陛下にそっと耳打ちをした。

「もうしばらく、ここでゆっくり過ごしたいところではあるが……仕方がない、今日のところは帰るとしよう。娘に会いたくなったら、また来れば良いしな。ははは！」

「もう、お父様。あまり皆様を困らせないでください」

「おっと、これは失礼した。ではまた会おう、未来の義息子よ。グレン、あんまり夫婦喧嘩はするなよ？　レイナを怒らせると怖いからな！」

そう言って陛下はスチュワードさんを伴って去っていった。その後ろ姿を見送りながら、ボクはホッと胸を撫で下ろす。

「まったくあの人は、余計なお世話を……すまないなネル。驚いただろ？」

「……うん、だいぶビックリしたよ」

まさか国王様と直接話す機会がやって来るなんて、思いもよらなかったもの。まだ心臓がバクバクしているし、どっと疲れた。パパが最初に渋い顔をしていたのも納得だ。

そんなやつれきったボクを見て、アイリス様がクスクスと笑った。

「ねぇアイリス様。陛下と仲直りできたんだね」

「はい、その節は本当にご迷惑をおかけしましたわ」

そう言って頭を下げるアイリス様だったけれど、ボクは慌てて頭を上げてもらった。だってボクがしたことなんて大したことじゃないからね。

「こうして生きているのが楽しいと思えたのは、コーネル君のおかげです」

そしてボクにしか聞こえないよう、耳元に顔を寄せてそっと囁く。

「本当にありがとう、コーネル君。……この地で貴方に逢えてよかった」

夕陽に照らされたアイリス様は、まるで女神様のような微笑みを浮かべている。思わず目が離せなくなるほどに、ボクはその笑顔に見惚れてしまっていた。

＊＊＊

男爵領での豊穣祭も無事に終わり、各々が野菜の美味しさに酔いしれているころ。隣領ではまたしても重苦しい空気が漂っていた。

その理由は男爵領以外の畑でも農作物の収穫量が倍増し、国内が大豊作に恵まれたからだ。

「いったい、どうなっているんだ！」

ダン、と侯爵の右拳が執務机に勢いよく叩きつけられた。

手元には地図が広げられており、男爵領の位置に赤く大きなバツ印がついている。

そして地図の周囲には何枚もの書類が並べられており、そのすべてに『近隣の貴族領において、食料の価格下落が予想される』といった内容が書かれていた。

王家が主導で価格調整を行っているため、今のところ大幅な値下がりは起きていない。

だがこの先は分からない。もし侯爵領の収穫量だけが変わらないまま、価格が下がったら？

農作物の収入に頼りきりの侯爵領は、大打撃である。

「まさか豊穣際の影響がここまで大きいとは……」

残念ながら、侯爵はこの祭に参加しなかった。

もちろん、彼にも招待状は届いていた。だが受け取った侯爵はフンと鼻で笑った後、すぐさま暖炉で燃やしてしまったのだ。

格下である貴族に借りは作らない、というプライドがそうさせたのだろう。素直に誘いを受けていれば、こんなことには……しかし後悔は先に立たずである。

「……ふん！　俺にはこの広大な畑がある。なにも問題はない！」

そう呟くと、彼は怒りが治まらないといった様子で窓の外を見た。そこには地平線まで続く豊かな小麦畑が広がっている。

ガリガリに痩せた農民たちは、そこで太陽の日差しに焼かれながら労働に精を出していた。

その景色はまさに侯爵家の権力を象徴する。侯爵にとって、領民とは大事な資源、悪くいえば奴隷だ。多少いなくなったところで増やせばいいとしか考えていない。

そこが彼とジャガー男爵と大きな違いだろう。そもそも総合的な財力でいえば、男爵領なんて比較にもならない。

だがもし、あの男爵領と同等の成長が他の領でも起きたら？

いや、すでにその兆しはある。

このままでは、国内の食料事情を牛耳る野望も潰えてしまうかも……そんな想像をするだけで、侯爵ははらわたが煮えくり返る思いだった。

「マニーノ様、わたくしめに案があります」

侯爵に声を掛ける者がいた。

その人物の名はハラブリン。商人としてモージャー侯爵家を長年支え続けてきた男である。

「案だと？　なんだ、言ってみろハラブリン」

「はい、実は……男爵領に面白いものがあるという情報を仕入れまして」

「ほう？」

それはどんな代物だ、との問いに対し、ハラブリンは部屋の隅にあった大きな革鞄からなにかを取り出した。

「なんだこれは？」

それは兎の形をした手乗りサイズの焼き物だった。

一見すると、なんの変哲もないただの工芸品だ。

「なんでも『ゴーレム』と呼ばれているものらしく、命令さえあれば勝手に動くのだとか」

「ゴーレムだと？　そんなものが……いや待て、それは本当なのか？」

モージャー侯爵は可愛らしい兎に顔を近づけて観察する。強面の侯爵とのギャップが激しい。

「実演しますので、見ていてください」

ハラブリンはその兎の頭に人差し指を乗せると、「跳べ」と命令した。すると兎は手のひらからピョンと飛び出し、部屋の中をひょこひょこと跳ね回り始めた。

「おぉ、凄いではないか！」

「でしょう。実は男爵家を訪れた貴族の娘が、これを譲り受けたらしいのです。それをわたしが高値で買い取ったのですが……」

「貴様が単に観賞用として土産物を購入するわけがない……ということは」

まるで生きているかのような動きに侯爵は感心すると同時に、あることを閃いた。

「たしかに男爵領ではジャガイモや肥料が有名です。ですが私が思うに、耕作用に応用したゴーレムこそが収穫量アップ最大の要因なのではと」

「……ふむ」

――ハラブリンの言う通り、ゴーレムが畑仕事をしてくれたら？

これほど便利な道具はない。欲しい。今すぐにそのゴーレムが欲しい。

――しかしどうやって？

男爵からこのゴーレムを融通してもらえばいい。そうすれば侯爵領も農作物の収穫量がグーンと上がるだろう。

「よし、すぐに男爵領に使いを出すぞ」

「かしこまりました」

ハラブリンが頭を下げると、侯爵は満足そうに頷いた。その表情は朗らかで、まるで新しいおもちゃを手に入れた子供のようだった。

「ククク、これで俺の時代がくるぞ」

モージャー侯爵の笑いが部屋に響き渡る中、一匹の兎人形がその様子をジッと見つめていた。

第六章　目には目、歯には歯、騙し合いには騙し合い

豊穣祭という一大イベントから数週間が経ち、国内に落ち着きが戻ったころ。秋の収穫ピークが過ぎた男爵領では、緩やかな冬の到来を迎えていた。

大陸の最東に位置するこの地方は一年中を通して気温が暖かく、冬の時期になっても雪が降り積もることは珍しい……はずだった。

「寒い……」

肌を刺すような冷気で目覚めたボクは、寝室の窓辺から外の様子を覗いた。

普段ならそろそろ空が白み始める時間だ。でも今日は空を灰色の雲が覆いつくしており、まだまだ薄暗い。この様子だと、昼ごろには雪がちらつき始めそうだ。

前世だと気象予報士がいたけど、この世界にはまだいない。だから天候を予測する手段がないんだよね……まぁなにかしらのスキルを上手く使えば、どうにか予知できそうだけど。

「うぅ、畑に出なくっちゃ……」

たとえどんなに寒かろうとも、休めないのが農家の辛いところ。作業着の上に厚手の毛皮コートを羽織って、急いで外へと向かった。

「あれ？　もう起きていたのか」

庭先に出ると、木刀の素振りをするタンクトップ姿のパパと出くわした。足元には大量の汗と湯気が散らばっている。まったく、この寒空の下でよくやるよね。

「うん。なんか目が覚めちゃって」

「あんまり無理はするなよー、今日は大事な日だからな」

「はーい。用事だけ済ませたらすぐに戻るよ」

そう言ってボクは野菜の様子を確認するために、前庭を抜けて畑の方へと向かった。

「うひゃー、真っ白で遠くが見えないや」

畑の周辺は白いモヤがかかっていて、いつもは遠目に見える枯れた生命の樹も姿を消している。近くを流れる川の水が蒸発した後に、冬の空気に冷やされて霧が生まれているんだろう。

だけどこれだけ寒くても、魔素の影響で土が硬いために、霜柱はどこにもない。ザクザクとした感触が足裏で味わえないことを残念に思いながら、目的の畑へとやって来た。今朝の作業は、大根と長ネギの土寄せだ。

「じゃあお願いね」

ボクはそう言ってトラクター型ゴーレムに魔力を流す。

するとゴーレムは四駆の車輪と後背部にあるロータリー部分をそれぞれ回転させ、土をほぐし始めた。そして続けざまに二台目のゴーレムに命令を出していく。

こっちのゴーレムはある程度耕された土をすくい取って、大根や長ネギの白い部分に掛けていく役割がある。しっかり根を土で隠すことで、色形の良い野菜に育ってくれるのだ。

「ふふふ、砂風呂ならぬ土風呂みたい。野菜たちも喜んでいるね」

ちなみに比喩じゃなく、本当に野菜たちは喜んでいるのだ。

なんとこの大根と長ネギ、実は魔物化している。しかも襲い掛かってくることはなく、むしろ土の中で美味しくなるまでジッとしてくれるという可愛い性質があった。

そうなった理由は分からない。どちらも冬の寒さに当たると甘味を増すという共通点があるし、もしかしたら土の中が好きなのかもしれない。抜こうとするとちょっとだけ嫌そうにするし、なんだかマンドラゴラみたいだ。

「さてと……あとは領内をパトロールしようかな」

もうすぐやって来るであろうエディお兄ちゃんに残りの作業は任せて、ボクは芝刈り用のゴーレムに飛び乗った。これはサッカーのグラウンドやゴルフ場の芝を刈るような小型のバギーに似たゴーレムで、五才児のボクが乗り回すにはちょうどいいのだ。

これで領民の耕す畑のチェックや、肥料工場の様子を見にいこう。途中でアイリス様の屋敷に寄って……そうだ、バイショーさんから果樹の苗を入手したって連絡があったから、後で受け取りにいかないと。

「うん？」

パトロールを終えて屋敷の前へ戻ってくると、遠くからなにかの音が聞こえてきた。

なんだろう？　耳を澄ましてみると、それは馬が駆ける音だった。しかも一頭じゃない。何頭もいるし、馬車を牽いているということは……。

「あ、やっぱり！」

予想は当たっていたようで、遠くの方から馬車が姿を現した。その馬車は貴族家の紋章が入っていて、それはボクも見知ったものだった。

「よぉ、ジャガー男爵。元気そうでなによりだ」

「……寒い中、我が家へようこそおいでくださいました。モージャー侯爵閣下」

「なにをそんな畏まっているんだ。もっと気軽でいいぞ、俺とお前の仲じゃないか。クハハハハ！」

パパに出迎えられて馬車から降りてきたのは、隣領のマニーノ＝モージャー侯爵だった。彼は相変わらずの強面で、今日も今日とて大きな笑い声を響かせている。

手紙で訪問するという連絡はあったものの、以前とは違って馴れ馴れしい様子にパパは警戒心を強めている。それにボクを御指名で同席させろっていう話だし、どうにも胡散臭いなぁ。

ボクはモージャー侯爵の後ろに控える人たちをチラリと見た。今日は商会長のハラブリンに加えて、二人の護衛を引き連れている。彼らは帯剣しており、明らかに貴族家の私兵といった出で立ちだ。うーん、ますます怪しい。

「それで、今回は商談があるとのことでしたが……」

応接間に通されたモージャー侯爵は、出された紅茶に口を付けると「うむ」と満足そうに頷いた。

「随分と順調そうじゃないか。先日の豊穣祭なんて、貴族の間で未だに話題になっているぞ」

「ありがたいことに、皆さんのおかげです」

「まったく、羨ましい限りだな。ところで今日は、そんなジャガー男爵に良い話を持ってきたんだ」

「良い話ですか……？」

机から身を乗り出しながら語るモージャー侯爵に、パパは少しだけ身を引いている。まぁ一度は騙された相手にこんなことを言われても、こっちは疑うよね。

「実はな、男爵のゴーレムをうちの領に導入してみてはどうかと思ってな」

「……ゴーレムとは？」

「おいおい、水臭いことを言うな。耕作用のゴーレムを新たに開発したんだろう？　我がモージャー領には広大な畑があるし、性能を試すにはもってこいだとは思わんか？」

……へぇ、そうきましたか。

どうやら訪問の目的は、ボクのゴーレムだったらしい。

だけどその話って、どこから聞きつけてきたんだろうね。少なくとも豊穣祭ではゴーレムのことを秘匿していたはずなんだけどなぁ。

そんな疑問が顔に出ていたのか、モージャー侯爵はニヤリと笑った。まるで獲物を狙う肉食獣のような目つきで、ボクのことを見ている……まさかボクのことまで調べ上げてきた？

「別に隠すことじゃないだろう？　男爵家の末っ子が当たりの加護を得た、実にめでたいじゃないか」

「それはそうなのですが、でもどこからそんな話を……」

侯爵はパパの質問には答えずに再び紅茶を一口飲むと、その鋭い目をさらに細めてボクを見た。

（なんだ？　……あっ）

向けられた視線でハッとした。手の甲にジョブの名前が刻まれていたんだった。

慌てて右手を隠したけれど、もう手遅れだ。しまったな。豊穣祭のときは手袋で隠していたんだけど……本当に油断ならない人だ。

「クハハ、耳聡(みみざと)い者なら彼のジョブは知っていて当然の事実だ。もっとも、豊穣祭で情報を得ようとした他の貴族連中は、ことごとく失敗したようだがな」

そりゃあ領民たちから聞き出そうとしても無駄だからね。彼らの口はかなり堅い。みんなパパに恩がある人ばかりだし、お金をちらつかせたところで、裏切る人なんかいない。

それに手荒な真似もしなくて良かったと思う。万が一誰かが傷つけられていたら、ボクやパパが黙っていないから。それに今は、アイリス様という強い味方もいる。

「というわけで、どうだ？　まずは一か月、お試しでそちらのゴーレムを侯爵領で使わせてほしい。もちろんタダとは言わんぞ。……なぁ、ハラブリン」

「えぇ。市場での魔道具レンタル料金を踏まえて、金貨千枚あたりでいかがでしょう」

「金貨千枚⁉」

「ちなみにゴーレム一台での値段ですよ。今回は十台ほどお借りしたい」

ってことは十倍して……金貨一万枚⁉　金貨一枚って前世でいうところの一万円相当だから、つまり一億円分？　正気ですか⁉

たしかにボクの耕作用ゴーレムは、一台で人間の何十倍もの働きをしてくれる。十台もあれば、広大な侯爵領の大半をカバーできるだろう。もし本当に侯爵領内でゴーレムが役に立つなら、その価値は計り知れないと思う。

「これは侯爵家、ひいてはハラブリン商会との長期的なお付き合いをさせていただきたく、あえて高額でのご提案を差し上げております」

「長期的……もしや他にも条件が？」

「有用だと分かれば、継続して契約を。それとこの契約をしている間は、独占契約とさせていただきたい」

ははあ、そういうことか。高い金を払ってやるから、他の貴族にはゴーレムを渡すなってことか。農業といえばモージャー侯爵家というこれまでのブランドを保つために。

「どうですかな、ジャガー男爵。これはお互いに利益のある話ではありませんか？」

ハラブリンの笑みはまさに商人そのものだった。彼はこちらが断るとは微塵も思っていないだろう。だけどパパは、

「申し訳ございません」

ぺこりと頭を下げ、あっさりと断った。

「……おい。それはこっちが譲歩してやってんのを理解した上での発言なんだよな？」

それまでのフレンドリーな雰囲気はどこへいったのか、モージャー侯爵は低い声で凄んだ。

だけどパパが怯むことはない。

「もちろん、侯爵閣下のお心遣いは理解しています」

「……ならなぜ断る？」

「まず一つ。侯爵領に住む農民たちの仕事がなくなります。多くの領民が路頭に迷うでしょう」

「ふん……それぐらいは承知の上だ」

モージャー侯爵は鼻を鳴らすと、足を組み替えて続きを促した。

「そして二つ目の理由……これは個人的な理由なのですが」

パパは一度言葉を切ると視線をボクに向けた。

「閣下もお気づきの通り、ゴーレムは俺自身のものではなく、息子の力によるものです。ですから俺の一存でゴーレムを貸し出しすることはできません」

「パパ……」

たしかにここで男爵家の当主が頷けば、その息子であるボクは従わざるを得なくなる。

でもパパはあくまでも、ボクの意志を尊重してくれた。

「……なるほどな」

モージャー侯爵は腕を組んでしばらく考え込んだ後、「分かった」と頷いた。

「これまでの恩を忘れて、自分のガキ可愛さに侯爵家の顔に泥を塗る、そう取っていいってことだよな？」

「そ、そこまでは……」

パパは宥(なだ)めようとするも、侯爵の顔はすでに茹でダコのように真っ赤になっており、誰がどう見てもブチ切れる寸前だと分かる状態だ。

だからボクは覚悟を決めた。パパが口を開きかけたけど、ボクは首を左右に振って「大丈夫」だと伝える。

このままじゃ戦争になりかねない。それはボクにとって本意じゃないから。

「ゴーレムを貸し出すという契約、ボクは賛成です」

「ほう、ガキの方が話が分かるようだな？」

もはや取り繕うつもりもないのか、モージャー侯爵は侮りの交じった視線をボクに向けてくる。

大丈夫、なにも持っていなかった前回と違って、今のボクには切れるカードがいくつもあるからね。だからボクはあえて微笑みを返す。

「その代わり……別の条件を飲んでいただければ」

「おい、貴様！　子供の分際で閣下に向かって意見するとはなんだ！」

「よせ、ハラブリン。勝手な真似をするな」

ボクの態度に苛立ったのか、ハラブリンはバンッと机を叩いて立ち上がる。彼はそのまま掴みかからんとする勢いでこちらに迫ってくるが、それを侯爵が制した。

「しかし閣下……」

「まぁ待て。それで？　その条件とは？」

「金貨はいりません。その代わり、侯爵閣下の領にいる農民と交換していただけますか？」

ボクの言葉に侯爵は「ふむ？」と顎に手を当てて、考えるそぶりを見せた。

「金を取るより人間を好きにしたいとは、中々に見込みのあるガキだ。……いいだろう。ではゴーレム一台につき、十人の農民と交換でどうだ」

「ということは十台のレンタルで合計百人ですか？　それは……」

ボクが想定していたのはせいぜい五十人程度だった。それだけならば、男爵領でも受け入れられる。でもその倍か……。

　不安になったボクは、パパへ目配せしてみる――と、すぐに笑顔で頷いてくれた。良かった、ボクに一任してくれるみたい。

　だけどホッとしたのも束の間、侯爵は首を横に振った。

「いいや、五十だ」

「え？　やっぱり五十人ですか？　ですがそれだと計算が……」

「違う。ゴーレムが五十台。引き換えに農民を五百人だ」


　まさかの五倍プッシュがありつつも、大きな諍いにはならずに交渉を終えることができた。

　結局、こちらのゴーレム五十台と、侯爵領の農民五百人を交換する契約となった。これから始める農民の受け入れ態勢を考えると、ちょっと頭が痛くなりそうだ。

　モージャー侯爵は紅茶を飲みきると、カップをカチャリと置いた。それから立ち上がると、

「良い契約ができて良かったぜ」と満足そうに去っていった。

　反対していたはずのハラブリン商会長が、帰り際で僅かに口角を上げていたのが気にかかるけれど……。

「お疲れさまでした、コーネル君。概ね、予想通りではありましたね」

「アイリス様……」

侯爵一行を見送った後。男爵邸に戻ると、廊下で待機していたアイリス様がボクを労うように声を掛けてくれた。侯爵との交渉が上手くいくか、心配してくれていたみたい。

「やはり彼らはなにかを企んでいるようでしたよ。途中で護衛にバレそうになったので、ほんの一部しか視えませんでしたが」

「十分ですよ。むしろ危険なことに巻き込んですみません」

「いえ。男爵領の行く末は、わたくしにも関係あることですので」

交渉が始まる前、ボクがアイリス様のところに寄っていたのは、実は彼女に協力を求めるためだった。

彼女の【審判者】とスキルがあれば、侯爵の思惑が分かるんじゃないかと思ったんだよね。だからボクらが交渉をしている間、彼女にはこっそりとスキルで様子を見てもらっていた。

そして農民との交換も、あらかじめ彼女から提案されていたことだった。

「それにしても、ほとんど姫様が予想した通りになったな。でもどうして侯爵の言動が分かったんだ？」

「相手の秘密を暴いて動揺させ、自分が有利な交渉を進める……汚い大人のやり口は心得ておりますので。ただ、ゴーレムの台数を跳ね上げてきたのは予想外でしたが」

たしかにあれはボクも驚いた。

一度に五百人もの農民を移動させるなんて、正気の沙汰じゃない。

東京都二十三区で一番広い農地を持つのが練馬区なんだけど、その区にいる農業従事者の約半分の人数だよ？　長期的にゴーレムを貸し出した場合、その農民たちはずっと戻ってこないのに、そんなことをして大丈夫なんだろうか……。

「徐々に侯爵の農民を引き抜いて、権力の弱体化を狙う予定でしたが……まぁいいでしょう。計画の再調整が必要になりましたし、これからの対策を話し合わなくては」

「はい。でもその前に……おーい、お兄ちゃん。ちょっといい？」

「僕ですか？」

ボクは廊下でママと話していたエディお兄ちゃんに声を掛けた。

「実はね、あるお願いをしたいんだけど」

当初よりもずっと予想を超えるゴーレムの数が必要になってしまった。スキルのレベルアップは続けているけれど、まだ自分一人のＭＰじゃ足りない。

スキルの持続時間も頭を悩ませている問題で、今のレベルだと契約の一か月を待たずに土に戻ってしまう。そうなると、アイリス様と考えた計画も破綻してしまうんだよね。

そこでボクが目を付けたのが、エディお兄ちゃんだ。

「――というわけで、お兄ちゃんのスキルでボクを手伝ってほしいんです」

「それは構わないけど。【画家】の能力じゃ役に立てないよ？」

「そんなことはないよ！」

アイリス様たちと一緒にリビングへと向かいながら、説明を続ける。

大丈夫、行き当たりばったりなパパと違って、本当に秘策があるのだ。

「ちょうどいいし、これからみんなにも見てもらおうか」

タイミングよくリビングに着いた。ボクは用意しておいたバケツを取り出すと、家族三人やアイリス様にも見えるようにテーブルの上へ置いた。

「これは泥水、ですか？」

中身を覗き込んだお兄ちゃんが、丸眼鏡を指で押さえながら言う。

「正解だよ。ただし普通の泥水じゃなくって、限界まで柔らかくした男爵領の土だけどね」

見た目は液体のようにドロドロになった、茶色い水だ。

「解説しながらやってみるね。まずはこれをボクの《粘土工作(クレイクラフト)》で――」

バケツの中に手を突っ込むと、さっそくスキルを発動させる。普段は固さを変えるばっかりだったけれど、今回ボクが変化させたいのは、色彩だ。

「実はこのスキル、変えられるのは形状だけじゃないんだ」

雲のような白、カラスの黒、海の青、緑、赤……、土はボクの思い描いた色へと変色していく。それらを空いているコップに移し替えてやれば、あっという間に絵の具セットの完成だ。

「まさか、これを僕が《ペイント》スキルで使う絵の具にするってことですか？」

「そういうこと！　ボクがこの土でゴーレムを作れたように、お兄ちゃんもこの絵の具で色をつけたら、なにか不思議なことが起きそうじゃない？」

「うーん……でも、本当に上手くいきますかね」

お兄ちゃんはまだ半信半疑だ。だけどボクは確信していた。だってボクのスキルは土をこねるだけで、そこまで特別な能力じゃない。この土とスキルが組み合わさることで、凄い結果が生まれただけだ。

そこにお兄ちゃんのスキルをさらにかけ合わせたら、もっと凄いことができるはず！

「大丈夫、ボクが保証するよ！」

「……分かりました。やってみます」

バイショーさんにお願いして買っておいた絵筆とキャンバスを押し付けるように渡すと、ボクの勢いに押し負けたのか、エディお兄ちゃんも最後には頷いてくれた。

そしてさっそく絵筆を握ると、コップの中に入ったとろりとした色水に筆先をつけた。

「じゃあ、いきますよ」

エディお兄ちゃんは深呼吸すると、キャンバスに筆をゆっくりと動かしていく。

最初はおそるおそるといった手つきだったけれど、徐々に動きが速くなっていった。その光景をパパやママ、そしてアイリス様が固唾を呑んで見守っている。

「で、できた……」

完成したキャンバスに描かれていたもの。それはジャガー男爵領の名物となっている、巨大ヒマワリだった。それもなんだか、前世で見た名画にも似た不思議なオーラが漂っている。

「なんだ、上手いじゃないかエディ！」

「ママは前からエディちゃんの描く絵は好きだったけれど、この絵を見ていると心がポカポカしてくるわ」

「これは……」

驚きの声を漏らすボクたち家族のそばで、アイリス様が目をキラキラさせていた。

「凄いなんてものじゃないです！　わたくしのスキルで視たところ、周囲を温める《温熱》という状態がこの絵に付与されています！」

「えぇっ⁉　それってつまり、絵が魔道具化したってこと？」

もはや見て楽しめるパネルヒーターじゃないか！　凄いよ、お兄ちゃん！

「おそらくこの絵の具に含まれる魔素が絵に付与された結果、このような効果が発揮されたのでしょう。こんなこと、前代未聞ですよ⁉」

アイリス様は興奮冷めやらぬといった様子で、キャンバスを食い入るように見つめている。

「ねぇエディお兄ちゃん、他にもなにかできそうじゃない？」

「……やってみましょう」

それからボクらは、エディお兄ちゃんにいろいろなものを描いてもらった。

検証して分かったのは、そのどれもが付与された効果を持っていたということ。

そして判明したことがもう一つ。

それはボクの作ったゴーレムに、特殊効果を重ね掛けで付与できることだった。

「《作業効率アップ》に《持続時間の延長》、どれも凄い効果だよお兄ちゃん！」

ボクが懸念していたゴーレムの弱点も、これなら補うことができそうだ！

「これは本当に凄い！　やるじゃないかエディ！」

「……はい」

パパは興奮した様子で、エディお兄ちゃんの肩を揺すっている。

けれど、当の本人は俯いてしまっていた。

でも嬉しくないわけじゃないんだよね、お兄ちゃん。きっと今は、自分のジョブが不遇じゃなかったんだという喜びを噛みしめているんだ。

王都から家に逃げ帰ってきた後も、絵を描くことだけは止めていなかったお兄ちゃん。

部屋に練習したデッサンノートがたくさん散らかっていたし。本当は絵を描くことが大好きだったんだよね？　好きだからこそ、あんなにもたくさん苦しんじゃったんだ。

それはボクだけじゃなく、パパやママも当然分かっていた。そっとママがお兄ちゃんを抱き寄せると、お兄ちゃんはしばらくされるがままになっていた。

「これで問題は解決しましたわね。あとは侯爵がどう出るかですが」

アイリス様が意味ありげに、ボクに笑いかける。

「そうですね。そっちはボクの配下に任せましょう」

男爵領には二体の特別なゴーレムがいる。誰にも気づかれず、どんなに警備の厳重なところでも侵入できる凄腕のスパイだ。

実は豊穣祭でボクが本当に秘匿したかったのは、耕作用ゴーレムじゃない。精霊ゴーレムのケットとクーの方だ。あのときボクらは、あえて兎のゴーレムが侯爵に渡るようにして、想定するゴーレムの性能を低く思い込ませた。

その隙に二人を侯爵家に侵入させて、情報を集めてくるように頼んでおいたのだ。

「ふふふ。頭の回る侯爵と商人も、まさか自律思考できるゴーレムが自分の屋敷に侵入しているとは思わないでしょうね」

「まぁそのスパイ活動も楽じゃなさそうだけどね」

今ごろケットあたりが、ボクの悪口を言っているかもしれない。こき使った分、後でたくさんご褒美をあげなくっちゃね。

「さて、必要な手札はすべて揃ったぞ。覚悟しておいてよね、侯爵」

＊　＊　＊

「まったく、創造主様はゴーレム使いが荒いのニャ！」

袴を着た猫型ゴーレムのケットが、黒い手をやれやれとさせながら溜め息を吐く。

男爵領でコーネルたちがエディの新たな能力に沸いているころ。隣のモージャー侯爵領では、二体の精霊ゴーレムがコソコソと暗躍していた。

「こ、怖いでござる～」

屈強な門番たちが、屋敷を囲う高い塀の前で睨みを利かせている。

そんな彼らを横目に、忍び装束のクーは相棒と共に素手で塀をよじ登っていく。

「心配することないのニャ。クーの隠密能力があれば、絶対にバレないのニャ！」

「うぅ、でもぉ……」

白いボディをより青白くさせているクーだが、実際には難なく屋敷の中へ潜入できていた。

仮に侵入者が生物であれば、門番の《察知》スキルで一網打尽だったであろうが、無機物である二人にそんなことは関係なかった。

「なにかあっても、余の刀でバババーンと敵を倒してやるのニャ！　ニャハハハ！」

ケットは腰元の刀をポンポンと叩きながらケラケラと笑う。

ちなみにそれは模造刀である。お調子者のケットに渡すのは危ないと判断したコーネルが、刃を潰したものを粘土で拵えたのだ。

「まったく、ケットは相変わらずでござる……あっ、そろそろ例の隠し部屋でござるワン」

そうして二人は無事に、目的の場所へと到着した。

一見すると、なんの変哲もない廊下の壁だ。しかしプロの忍者（?）であるクーの目に偽装は通用しない。近くにあった銅像を調べると、部屋へ入るためのスイッチを発見した。

ちなみにこの像。侯爵がモデルなのだが随分と美化されており、もはや別人のようだった。

「どうして悪い奴らは、どいつもこいつも悪趣味なのニャ?」

「いいから、さっさと中を調べるでござるワン」

物言わぬ金ぴかのモージャー侯爵をペシペシと叩くケットを引きずるようにして、クーは廊下に出現した扉の向こうへ。真っ暗な六畳ほどの部屋を、紅と蒼の瞳をしたゴーレムたちがそろそろと歩いていく。人間とは違い、明かりがなくとも彼らには支障がない。

狭い空間のそこかしこに木箱や本棚が並んでおり、そのどれもに侵入者用のトラップが仕掛けられていた。それらをテキパキと解除しつつ調査を開始する。

「ねぇ、ケット。これってもしかして……」

「クー、でかしたニャ！　お手柄なのニャ〜！」

部屋の片隅にあった薄汚れた布を取り払うと、南京錠で施錠された鉄製の箱を発見した。

それをクーが難なく開けると、中には怪しげな木製の縦笛がビッシリと詰まっていた。

よくよく見てみれば、同じような箱が隣にも、その隣にも……。

「むむむ〜。これは用途を調べる必要がありそうでござるワン」

「はぁ……これじゃ豊穣祭には出られそうもないのニャ」

暗闇の中、ゴーレムたちの悲しげなボヤキが木霊した。

＊　＊　＊

契約から約三週間後、侯爵領は目覚ましい発展を遂げていた。魔素の濃度が低い侯爵領でも、肥料の効果で普段の倍以上の収穫を実現させたらしい。

もちろん、その豊作はゴーレムのおかげでもあった。だけどボクが驚いたのは、利用が開墾や耕作だけにとどまらなかったことだ。

なんと侯爵は、川の氾濫しそうな場所に土を盛って堤防を造ったり、水辺のない場所で深い井戸を掘ったりと、幅広い応用をしていたのである。

交渉の際に『掘ることに特化したゴーレムを使いたい』とオーダーがあったので、ショベルカーに似たゴーレムを作って渡していたんだけれど、まさかそんな使い道があったとは……。

この報告を精霊ゴーレムたちから聞いたとき、正直ボクはやられたと思った。畑を耕すことばかり考えていたせいで、他の用途に使うという発想が頭からすっかり抜け落ちていた。

おかげで侯爵はあっという間に元が取れてしまったというんだから、あれだけの金貨を対価に渡そうとした理由にも納得できる。つまり彼らにとっては安い買い物だったのだ。

アイリス様もこれには驚いていて、おそらく農民の受け渡し条件すら利用されたと悔しがっていた。どうやら新しい町というのは、農民を立ち退かせた場所に造られたらしい。

柔軟な発想と、使えるものはなんにでも使うという狡猾さは、さすが侯爵というべきだと思う。うぅむ、そういうところは見習わなきゃいけないね。

ちなみに唯一、ボクらが予想通りだった点は——。

「やはり、一か月でゴーレムを返却するつもりはないようですね」

侯爵家から送られてきた手紙を読んだアイリス様は困ったような、それでいて仕方がないですね、と諦めの入ったように眉を下げて笑った。

『そろそろ契約の期限が迫っていますが、ゴーレムの返却日はどうしますか』という手紙を侯爵に送ったのだけれど……。

さっそくボクもその手紙を見せてもらうと、なるほどなと思った。要約すると、

『今まで善意で金を貸してやったんだから、このゴーレムを寄越せ』

——という内容だった。

まったく、一周回って清々しさを感じるほどの横暴さだ。契約書には、一か月の契約更新時にゴーレムをいったん返却するって項目があったはずなんだけどなぁ。

「つまり侯爵は農民五百名よりも、ゴーレムを取ったということかしら？」

「そうなるけど……」

ボクとアイリス様はお互いに顔を見合わせると、同じタイミングで小さく溜め息を吐いた。

まったく、領民のことをなんだと思っているんだろうあの人は。

「では、当初の予定通りで構いませんね？」

そう訊ねてくるアイリス様に、ボクは頷いてみせた。

——審判の日は近い。

＊＊＊

それから数日が経ち。侯爵一行の馬車が、男爵領に到着したという報せが入った。

農地をどう拡大しようか現地で相談していたボクたちは、彼らを出迎えるため、急いで屋敷に戻ることに。

ちなみに契約の更新日はすでに過ぎている。そろそろなにかしらのアクションが来ると思っていたけれど、あまりに突然な来訪だ。前回のような手紙でのアポイントメントもない。

……でも、どんな目的なのかは察しがつく。

ボクたちが男爵邸に到着すると、すでに屋敷の前が騒ぎになっていた。

なにせモージャー侯爵本人が剣を片手に大声を上げているし、他にも大勢のガラの悪い人たちが辺りにたむろしている。

おいおい、何をやっているんだこの人。領民たちが怖がって、家の物陰から不安げに様子を窺っているじゃないか。

「おい、今すぐに男爵を呼べ！」

興奮状態の侯爵は、玄関の扉に剣の切っ先を向けながら叫んだ。

その後ろでは、侯爵の手下がニヤニヤしながら待ち構えている。まるで盗賊の集団だ。

「本日は随分と手荒な訪問ですね、侯爵」

下がっていろ、とボクたちに手でけん制しながら、代表者としてパパが前に出る。

するとモージャー侯爵は苛立ちを隠せなかったのか、チッと大きな舌打ちをした。

「理由は分かっているだろう！　なんなのだ、あのゴーレムは！」

「ゴーレム？　侯爵にお貸ししたゴーレムですか？」

「急にすべてのゴーレムが土に戻って動かなくなったぞ！　貴様ら、俺を騙したな⁉」

唾を飛ばすように暴言を吐く侯爵。頭に血が上り過ぎてちょっと要領を得ないけれど、なんとなく言いたいことは分かった。やっぱりボクが予想した通りだった。

「契約では、更新前に一度ゴーレムを返却するとあったはず。それを一方的に反故にした……むしろ騙したのは閣下の方なのでは？」

「黙れ！　あんな紙切れに、なんの意味がある！」

　パパの言葉を遮り、モージャー侯爵が激昂する。もはや言っていることが無茶苦茶なんだけど、本人は分かっているんだろうか。よくもまぁここまで逆ギレできるもんだ。

「ほう？　では魔道具のスコップや、ダンジョン産のジャガイモは？　あれらを貸す契約も、無意味だったとおっしゃるので？」

　今度はエディお兄ちゃんが前に出てくると、冷静な声で侯爵に訊ねた。

　この無表情、そして抑揚のない喋り方。表面上は冷静だけど、内心ではめちゃくちゃ怒っているときのパターンだ。その証拠に、侯爵に睨まれても一切怯んでいない。

「これは意趣返しのつもりか？　クッ、ククク……一家揃って馬鹿ばかりかと思ったが、少しは貴族らしいことも言えるじゃないか」

　……へぇ？　そんなこと言っちゃうんだ。

　そろそろ我慢ができなくなったボクも、エディお兄ちゃんの隣に並ぶ。

「……なんだ？」

「パパに謝罪してください。それで契約違反の件はなかったことにします」

「ふん、なにを言い出すかと思えば……お前は馬鹿か？　そんな要求が通るわけなかろう！」

　鼻で笑った侯爵は、剣先をボクの喉元に突きつけてくる。

　だけどその瞬間。ボクの目の前から剣が消えた。

「なっ……？」

一瞬で移動してきたパパが、刃の腹部分を指で摘まんでいた。

驚いたことに、いくら侯爵が剣を押しても引いても、ビクともしない。

その異様な光景に、その場にいる全員が言葉を失っていた。

「俺のことはいくら貶（けな）しても構わない。だがお前……今、俺の家族に剣を向けたな？」

怒りの感情と共に、ゆっくりと指先に力が込められていく。すると指が触れている剣の中ほどからヒビが入っていき、やがてバキンッと音を立てて折れた。

モージャー侯爵の額に、じんわりと汗が滲んだのが分かった。そっと剣の柄から手を放し、数歩後ろに下がりながら護衛に目配せをする。

しかしその護衛たちが役目を果たすことはなかった。腰元の剣に手を伸ばすより先に、彼らはぐらりと身体を揺らし、その場にドサドサと崩れ落ちていった。

パパが彼らの背後に回り、一瞬で意識を刈り取ったらしい。しかも誰一人殺さずに。

「お、おのれ！」

侯爵が悔しそうに歯噛（はが）みするけれど、パパは涼しい顔で首の骨をコキコキと鳴らした。

「さて、これ以上まだ続けますか？　モージャー侯爵」

「くっ……たかが農民生まれが調子に乗るなよ！　いつか必ず、この屈辱を晴らすからな！」

もはや負け犬の遠吠えでしかない捨て台詞を吐いて、モージャー侯爵一行は帰っていった。

凄いなぁ。やりたいことだけやって、勝手にいなくなった……まるで夏の嵐みたいだ。

「無事か？　エディ、ネル」

「はい。僕も少しは成長できましたから、あれくらい平気です！」

そう答えるエディお兄ちゃんの表情はとっても晴れやかだ。いっつもネガティブで、「僕なんて……」が口癖だった人とはとても思えない。

照れくさそうに微笑むエディお兄ちゃんを見て、ボクはなんだか嬉しくなった。

「ははは！　よくやったぞ、エディ。ネルも俺のためにありがとうな……本当にお前たちは自慢の息子だ！」

感極まったパパは、ボクとエディお兄ちゃんを同時に抱き締めた。だけど力加減が分からないのか、ぎゅうぎゅうと締め付けられて息ができない。

「ちょっ、父上！」

「ぐ、ぐるじい……！」

そんなボクたち家族のやり取りを、遠くから様子を窺っていた領民のみんなが笑い始めた。

中には「やっぱりこうなった」とか「さすが領主様」なんて声も聞こえてくる。

もう！　恥ずかしいっ……。

それから数日の間、ボクは侯爵の復讐を警戒していた。

だけどそれは杞憂だったらしい。

「侯爵はお父様に泣きついたようですよ。『我が侯爵家に、男爵が牙を剥いた』と」

畑でサツマイモの苗を植えながら、アイリス様が教えてくれた。

忘れそうになるけれど、この人って王女様だよね？　畑仕事なんかして良いのだろうか……。

「なるほど……完全に我を忘れちゃっているね」

「そうですね。お父様を含め、他の貴族たちも冷ややかな目で見ていたそうです」

ちなみに侯爵を味方していた貴族たちは、アイリス様の手で懐柔済みだったりする。

アイリス様に頼まれて果樹栽培を優先的に進めていたんだけど、このときのためだったみたい。メロンにモモ、ぶどうといった高級フルーツたちの前に、舌の肥えた貴族たちも呆気なく陥落したんだとか。

今度は果物を使ったお酒を造って、さらに手札を増やします——なんてアイリス様は鼻を膨らませていたけど、やり過ぎないかちょっとだけ不安だ。

「ちなみにその侯爵ですが、私とコーネル君の関係を知らなかったそうですよ。王城でジャガー家のことを口汚く罵っていたそうですが……お父様から婚約話を聞いて、しばらく口をパクパクとさせていたらしいです」

うわぁ。それはもう、ご愁傷様という言葉しか浮かばない。本人だけが知らないところですでに詰んでいたのだから、侯爵の驚きも大きかっただろう。

それも幼い子供に駆け引きでやり込められたとあれば、彼のプライドもボロボロだ。

「お父様は『男爵の振る舞いこそ貴族として相応しい』と、侯爵の言い分を切って捨てたそうです。当然ですよね。己の欲に目が眩んで領民を捨てるような領主なぞ、この国には不要です」

「……ですね。ボクも同感です」

農民が大幅にいなくなり、ゴーレムという最大の労働源がなくなった今、侯爵領では深刻な食料不足が訪れると予想されている。精霊ゴーレムのケットとクーが言うには、すでに領内から逃げ出す人たちもいるらしい。

「あの横暴な領地経営では、今回のことがなくとも民の反乱がいずれ起きていたでしょう」

「領にやって来た農民たちも、それは酷い扱いだったと口を揃えて愚痴っていましたしね」

彼らはまるで奴隷のように働かされ、自由なんてほとんどなかったと言っていた。

そんな環境では農民の数は減る一方。それを補うように侯爵は、なんと一般市民や冒険者の一部に借金を負わせて、農民奴隷にさせていたんだとか。

「ハラブリン商会も、その一端を担っていたそうですよ。金に困った人たちに愛想良く融資の提案をしてから、無理な返済プランを契約させて破産させる」

「あとは侯爵の持つ畑で労働……完全に人間を道具としか思っていないですね」

「えぇ。わたくしも腹が立ちました」

アイリス様は、領民が幸せに過ごせることを第一に考えている。だから領民を道具扱いするモージャー侯爵のことが許せないんだろう。

「ですが、その侯爵も焼きが回りましたね。お父様は彼に、相応の罰を与えるようです」

「まさかケットとクーが得た情報が？」

「はい。この国で規制している違法魔道具の所持が、ほぼ確実となりました」

実は精霊ゴーレムたちが得ていた情報は、契約を反故にするという話だけではなかった。どうやら侯爵はハラブリンと共に、なにやら怪しげな計画を立てていたようなのだ。

「ちなみにどんな魔道具だったんですか？」

「魔物を引き寄せる魔道具です。用途は不明ですが、かなり大量に所持していたようですね」

もしそんな危険物が国内で使われてしまったら……考えただけで恐ろしい。

「今ごろ侯爵の屋敷には、王国の兵が向かっていると思いますよ。これですべて解決すると良いのですが……」

アイリス様は心配そうな表情で侯爵領のある方を見つめた。たしかに、あの侯爵が大人しく罪を認めて捕まるとは思えない。何事もなければいいのだけれど――。

だけどそんな不安は、残念ながら的中してしまった。

後日ボクらの元に上がってきたのは、兵が突入したときには、すでに侯爵は魔道具と共に姿を消していたという報告だった。

第七章　藪をつついて竜を出す

青天の霹靂（へきれき）というのは、こういうことを指すのだろう。

「ただいまー！」

明るい声が屋敷の中に響き渡り、ダイニングでのんびりと昼食を取っていた男爵家の面々がそれぞれの反応を示す。

「おい、まさか」

「間違いないわ。あの声は――」

「ど、どどどどうしてあの人がっ⁉」

え、誰？　知り合い？

急に震え出したエディお兄ちゃんを部屋に残し、ボクは両親の後について玄関に向かう。

するとそこには、見覚えのない長身スレンダーの美女が立っていた。

あれ？　この人ってもしかして……。

「お帰りなさい、イザベルちゃん」

「母様、久しぶりっ！」

ママが声を掛けると、彼女は大きな荷物を肩から下ろし、ニカッと快活な笑顔を浮かべた。

夏休みの旅行から帰ってきたかのような気安さと、二人の会話から察するに、この人がボクの姉であるイザベルお姉ちゃんのようだ。見た目はママに似て美人だけど、性格はパパ寄りなのが初対面でもすぐに分かった。

荷物の次は、身体を覆う革鎧を外していく。最後は金属製の手甲だ。ゴトンゴトンと重たい音を立てて、床に投げ捨てられていく。

「ちょっと、イザベルちゃん！　貴女はもう十八才なんだから、玄関で服なんか脱がないの！」

「いいじゃん、実家なんだしさぁ。それに女かどうかなんて、騎士団じゃ誰も気にしてないってば～」

「え？　貴女、騎士団で働いているの？」

「あれ？　言ってなかったっけ？」

水色の半ズボンに白のタンクトップというラフな格好になると、お姉ちゃんは長い金髪のポニーテールをかき上げながら「フゥー」とスッキリした顔になった。

なるほど、分かったぞ。エディお兄ちゃんがビクビクしていたのは、お姉ちゃんが苦手だからだな。

「まったくお前は手紙も寄越さず、毎回仕送りの金だけ送ってきやがって……だが元気そうでなによりだ、イザベル」

「オヤジこそ相変わらずだね～、便りがないのはなんとやらって言うだろ？　そういえば愚弟のエディは相変わらず引き籠もり？　って、そこにいるチビっ子はもしかして、末っ子のネル助じゃない⁉」

矢継ぎ早に質問を繰り出す姉ちゃんに、ボクは「ネル助じゃなくてコーネルだよ！」と反論した。

「あはは！　ちゃんと覚えてるよネル助～」

そう言って姉ちゃんはボクを両手でヒョイと抱き上げた。まったくもう……。

そんなボクたちのやり取りをパパはニコニコと見守り、ママは「ご飯の準備をするわね」とキッチンに戻っていった。

ところでエディお兄ちゃんはどこに行ったんだろう？

振り返ってみると……階段に向かって猛然と駆け出すところだった。

その様子はまさに脱兎（だっと）のごとし。

「あ、あの野郎っ！　アタシの顔を見て逃げ出しやがったな！」

「イザベルお姉ちゃん、落ち着いて。きっとその口調が怖いんだよ」

「はあ⁉　これぐらいで……っておいエディ！」

二階に向かって叫ぶけれど、すでにお兄ちゃんの姿はない。

「まったくもう、あの愚弟は……」

「ねぇねぇ、お姉ちゃん！　騎士団ではどんなお仕事をしているの？」

「え？　えっとぉ……いろいろだ」

「んん？　いろいろって？」

具体的にもっとあるじゃない。魔物を討伐した話とか、強い騎士団長さんの話とか……。

「そ、それよりネル助は凄い活躍らしいじゃないか。噂は王都にまで聞こえているぞ？」

なぜか誤魔化すように話題転換をするお姉ちゃん。あれれ、なんだか怪しいな……。

「ネルのおかげで農業ができるようになって、男爵領もだいぶ変わったんだぜ」

「ここに畑を作るのがオヤジの夢だったもんな〜！　ま、しばらく滞在するからさ。積もる話は後でゆっくり聞かせてくれよ！」

「あぁ、もちろんだ」


それからボクたちは夕飯を食べながら、一家団欒(だんらん)の時間を過ごした。

お兄ちゃんはどうしたかって？　部屋から連れ出された挙句、ダイニングの椅子にロープでグルグル巻きにされて強制参加していたよ。

「いやぁ、思っていた以上に元気な人だったなぁ」

食事を済ませたボクは自室のベッドに寝転びながら、イザベルお姉ちゃんから聞いた話を思い出していた。

イザベルお姉ちゃんは王都でかなりの有名人みたいで、まだ若いのに実力だけで曹長に上り詰めたんだって。

　それで今は、辺境での魔物対策や開墾なんかを指導する仕事を任されて、毎日忙しく過ごしているんだとか。

　ちなみに突然家に帰ってきた本当の理由は、聞けずじまいだった。男爵領があちこちで噂になって、一度自分の目で見たくなった……なんてそれっぽいことを言っていたけれど。

「ま、いいか。久々に一家全員が揃って、みんな嬉しそうだったし……ん？」

　そろそろ寝ようかと思ったところで、部屋の扉がトントンとノックされた。

　んー、こんな時間に誰だろう？

「はーい、今開けるね」

　と返事をして、扉を開く。

「や、やぁネル助。ちょっといいかな？」

　そこには、寝間着姿のイザベルお姉ちゃんが立っていた。可愛いクマ柄のパジャマで、さっきまでの豪快な態度とのギャップが激しい。

「あ、あのさ。ちょっと相談したいことがあるんだ」

「ボクに相談……？」

　いったい何事かとドアの前で考えていると、お姉ちゃんは半ば強引に部屋の中へ入ってきた。

　そして戸惑っているボクの前で、急に土下座のポーズになった。

「ちょ、ちょっと！　なにをしているの！」

「頼む！　アタシに結婚する方法を教えてくれ」

「はぁっ？」

いや、全然意味が分からないから！

結婚する方法って、確実に聞く相手を間違えているでしょ！

「そもそも、どうして結婚がしたいの？」

「じ、実は……」

言いにくそうにしながらも、お姉ちゃんは理由を教えてくれた。

なんでもこの人は、昔からパパやママたちみたいなラブラブな夫婦に憧れていたそうだ。大恋愛の果てに夫婦として結ばれ、幸せな家庭を築くのが夢なんだとか。

さらに詳しく聞けば、王都に出稼ぎに行った理由の大半は婚活のためだったらしい。

だけどこのサバサバした性格と、パパ譲りの腕っぷしの強さが仇になった。

魔物や対人戦闘では負けなしでも、恋愛では連敗が続き、とうとうお姉ちゃんの乙女心はハートブレイクしてしまった……というのが今回の顛末なんだって。

いやいや、残念美人過ぎるでしょこの人……。

「あの、だからってボクに聞かれても……こっちは五才児なんだけど」

「分かってるよ！　でもお前は王女様と婚約関係だって聞いた！」

「うっ、それはそうだけど……」

「それに天才的な頭脳があるのなら、結婚の仕方もアドバイスできるだろ？　アタシはもう、行き遅れだって馬鹿にされるのは嫌なんだ……」

ついにメソメソと、涙声で懇願まで始めてしまった。

うーん、これは困ったぞ。いくら頼まれても、分からないものは分からないのだ。

そもそも恋愛なんて、前世でもロクにしてこなかったし。

「頼む！　どんなアドバイスでもいい……アタシは結婚がしたいんだ！」

「わ、分かったって。なにか考えてみるよ……でもあんまり期待はしないでね？」

ここは当たり障りのないことを言って、お茶を濁すしかないか。だけどそんなボクの言葉を真に受けたのか、姉ちゃんはガバッと顔を上げた。

「ありがとう！　恩に着るよ！」

あぁ、なんだか不安だ……。

そうして翌日から、姉ちゃんの婚活レッスンが始まった。

朝は早起きしてパパと剣の訓練。そして朝食を食べ終わると、すぐにボクに声を掛けてきた。

「ネル先生！　モテるためにはどうしたらいいですか！」

「……とりあえず、畑仕事でもしたらどうかな？」

「分かりました！」

急に先生呼びである。しかもなにも考えていないのか、それとも素直過ぎるのか。ボクの言う通りに、畑仕事を始めてしまった。

「婚活とはまったく関係ないんだけど……」

それでも雑草はきちんと抜いていたし、水の撒き方も丁寧で好感が持てた。

う～ん、有能ではあるんだよなぁ。なのにどうしても残念な感じが拭いきれない。

「よしっ！　じゃあ次は？」

「あとは土作りだから、そんなにアドバイスできることないよ」

「そうなのか？　よし、だったらアタシは先生を観察するよ！」

「えぇ……」

もうこの人の相手するの嫌なんだけど。下手に断ろうとすると、捨てられた子犬みたいな目でこっちを見てくるし。なんだか自分が悪いことをしているような気分になるから困る。

――よし。こうなったらアイリス様に泣きつこう。あの人なら貴族に顔が利くし、独身男性を紹介してもらえるかもしれない。

そう思ってアイリス様に話を聞いてもらおうとしたんだけど……。

「どうしたのみんな、畑のド真ん中なんかに集まって」

アイリス様のお屋敷に向かおうとしたところで、畑でざわつく領民たちの姿を見つけた。

するとその中心にいた眼鏡の男性も気づいたのか、こちらを振り返った。

「その声はネルですか？　ちょうどいいところに……げっ」

「おいエディ。姉の顔を見て『げっ』とはなんだ」

エディお兄ちゃんはイザベルお姉ちゃんが帰ってきてからというもの、ずっと自室に引き籠もっていた。この様子だと、部屋にいても引きずり出されるから畑に逃げていたな？

せっかく外向的な性格になってきたのになぁと思いながら、ボクはお兄ちゃんに「どうしたの？」と訊ねた。

「それがですね。収穫目前だった畑の人参やキャベツが、急に消えたらしいんですよ」

「……野菜が消えた？」

それはまた、不思議なことが起きちゃったな。

……いや、待てよ？　まさか魔物化して逃げ出したとか？

「なんだ、畑を荒らす魔物でも出たのか？　ならアタシが狩ってやろうか？」

「いえ。それが何者かに掘り起こされたような形跡があったんです」

「あ、姉上が出るほどのことでは……」

お兄ちゃんは、グイグイと迫るお姉ちゃんからのけ反るようにして答えている。

「まずは犯人の特定を進めていたのですが……コーネルはなにをしているのですか？」

話を振られたけど、ボクはそれどころじゃなかった。

なぜなら畑の中に、魔物や人のものではない、奇妙な足跡を発見したからだ。

「……お兄ちゃん。この件についてだけど、ボクに任せてもらえないかな？」

「コーネルにですか？　でも危険な目に遭うようなことはさせられませんよ？」

それは大丈夫。ただ、罠を仕掛けるだけだ。

上手くいけば、誰も傷つけずに犯人を捕まえられるはず――。


「……と思ったんだけど。まさかこんなにも簡単に捕まるとは」

数日のうちに成果があればいいな、と考えていた。でも罠に掛かったのは、なんとその日の夜だった。

ちなみにボクが仕掛けたのは、スキルで作った簡単な落とし穴だ。一定以上の重さを感知したら、地面が泥になる。そんな設定をしたゴーレムを設置しておいた。

「いっそのこと、魔物が犯人だったら面倒事にならないのにな～、なんて淡い期待はしていたけれど。やっぱりこうなったかぁ」

犯人と思しき人物の、首から下が地面に埋まっている様子が遠目から見えている。獲物が穴に沈んだ後は泥が硬化するようにしてあるので、おそらく逃げられないはず。

「ちょっと、なんなのよこの穴ぁ！　誰か知らないけれど、ラビのことを出しなさいよ～！」

近寄ると、穴の方から声が聞こえた。

ラビ？　ラビって誰だ？

女性の声だけど、かといって安全な人物だとも思えない。

「よし、このまま生き埋めにしちゃおうか！」

「あっ、ちょっ⁉　嘘うそ！　ごめんなさい、野菜を盗んだことは謝るからっ！　ここから出してよ～！」

やはりこの女性（？）が犯人のようだ。とりあえず、もっと近くで顔を確認しておこう。

ボクはスキルを使って、犯人を地面から引き上げた。

「人参泥棒……」

ついでに泥を払ってやると、両手に何本も人参を抱えた、長い赤髪の女性が現れた。年齢は二十代くらいだろうか。海外モデルみたいな高身長で、胸部のボリュームが凄い。

そしてこの辺じゃ見ないような珍しい服を着ている。ドイツのディアンドルっていう民族衣装に似ているかも。

だけどボクの目を一番惹いたのは、彼女の頭からピンと伸びた耳。真っ白でモフモフの、ウサギ耳だ。

「……ウサギ？　いや、猫？」

目は真ん丸で口がオメガの形。顔つきはウサギより、どこか猫っぽい印象がある。

この人ってもしかして獣人だろうか？　しかし獣人といえば、隣国にある火山の国『コロッサーレ』の住人だ。人族が嫌いなことで有名で、滅多にこの国には来ないはずなんだけど……。

「あ、あんた誰よ！　ラビをこんな目に遭わせておいて、タダじゃおかないんだから！」

しげしげと眺めていたら、獣人っぽい女性が騒ぎ始めた。

そんな威勢のいいことを言っても、泥棒を働いたのはこの人でしょうに。

「えっと、君の名前は？　なんで野菜を盗んだりしたの？」

「ラビーニャよ！　なんでって、そこに食べ物があったからに決まってるでしょ！」

自身をラビーニャと名乗った女性は、あっけらかんと答える。

うーん、反省の色がまったくない。やっぱり埋めておいた方が良い気がするな。

「あっ、ちょっと待って！」

「クレイクラ――」

再度スキルを使おうとしたそのとき。「グゥ～」と大きな音が周囲に響いた。

「……今、お腹が鳴った？」

「う、うるさいわね！　ずっと食べてないのよ。仕方ないでしょ！」

ボクは思わず目をパチクリさせた。あれ？　盗んだ野菜は食べていないの？

「たしかに勝手に持ち去ったのは悪かったわよ。だけど同胞の子たちがお腹を空かせていて、つい魔が差しちゃったの……」

「同胞の子？　他に仲間がいるの？」

「そうよ。ラビたちの住むコロッサーレは、火山の噴火で食べ物が全然採れなくなっちゃって。そしたらこの土地で野菜が山ほど採れるって聞いたから……」

……ってことは自分のためじゃなく、仲間のために盗みを働いたってことか。

「ふぅむ」

なにやらやむを得ない事情があったのは分かった。

それはともかく、人参を涙目で見つめ続ける空腹な子を放ってはおけない。

「ねぇラビーニャさん。その人参、食べてみたい？」

「え？」

「それ、ボクたちが育てた美味しい人参なんだよね。新鮮で、甘くて、歯ごたえも良くてさ……」

ボクは畑にあった人参を一本持つと、ラビーニャさんの眼前でプラプラと左右に揺らしてみた。すると誘惑された彼女の喉がゴクリと鳴った。視線なんて人参から離れなくなっている。

ふふふ、食べてみたいでしょう。

「でも、盗んだのは悪いことだよね。だから……」

「……わ、分かってるわよ！　ちゃんと謝るし……その、野菜も返す」

「うん、じゃあ許そう！」

ボクが笑顔でそう言うと、ラビーニャさんは目をパチクリとさせた。

そのまま人参を口元に運んでやると、彼女は「いいの？」と期待の籠もった表情になった。

「どうぞ、食べていいよ」

そう言い終わるか終わらないかのうちに、彼女は人参に齧りつく。

「ふわぁあ、美味しい！　なにこの野菜、生なのにすっごく甘いじゃない！」

「ふふふ。そうでしょう、そうでしょう」

「あぁああ～！　獣人は肉が好物だけど、今日から野菜派になりそう！」

よほどお腹が空いていたのだろう、ラビーニャさんはあっという間に一本を食べきってしまった。それからハッと我に返ると、慌ててボクの方を向いた。

「ご、ごめん……つい夢中になっちゃって」

「あはは、いいよ。まだいっぱいあるし」

ボクは笑いつつ、彼女の前に残りの人参をズラリと並べてあげた。

その数なんと五十本。これだけあれば、同胞の人もお腹いっぱいになるだろう。

「……いいの？　アタシが言うのもなんだけれど、払えるだけのお金はないわよ？」

「うん。いいから仲間にも持っていってあげなよ」

「あ、ありがとう！　感謝感激雨霰（あられ）よ！」

ボクが頷くと、彼女は両手を上げて喜びを表現している。

やっぱりこの人、根は良い人だな。

大量の人参を抱えて去ろうとするラビーニャさんを眺めながらそんなことを考えていると、彼女はこちらを振り返った。なんだろう、顔が少し赤いけれど。

「こ、このお礼は必ずするからね！　獣人の誇りにかけて、絶対にだからね！」

＊　＊　＊

「それで、どうしてラビーニャさんはここで畑仕事をしているの？」

畑泥棒事件から一晩明けた次の日。いつものように畑仕事に向かうと、なぜかクワを振るうラビーニャさんの姿があった。

「べ、別にいいじゃない……お礼をするって言ったでしょ？」

ばつの悪そうな顔を浮かべながら、彼女はそう答えた。

「でも仲間のために盗んだんでしょ？」

「それはそうだけど……って盗んだことは謝ったじゃない！」

どうやら彼女の中で罪悪感が芽生えているようだ。まぁボクとしては、野菜泥棒の件はもう気にしていないんだけども。

ていうか周りにいる領民のみんな、相変わらず新参者を気にしなさ過ぎじゃない？

獣人を見るのだって初めてでしょ？

だけど返ってきた質問の答えは、

「コーネルさんのやることに、一々驚いていられませんよ」

「男爵家の関係者なら、別にいいかなって」

しかも古参の領民ならまだしも、最近侯爵領からやって来た農民の人にも言われてしまったのはショックだった。うーん、解せぬ。

「……あ、そうだ。ねぇラビーニャさん。もし良かったらなんだけどさ」

「な、なによ？」

「ここで働いてみない？　その同胞さんも一緒に」

ボクがそう提案すると、彼女は驚いたように目を見開いた。

仲間の姿はまだ見てないけれど、今もラビーニャさんが食べ物を持ち帰るのを、お腹を空かせながら待っているんじゃない？

「……アタシは盗人よ。しかも分かっているだろうけど、この国の人間じゃない」

「うん。でもこの土地にはワケ有りの人ばっかりだし、種族なんか気にする人はいないよ？それに作物を育てる大変さも分かったし、反省もしっかりしているでしょう？」

「それはそうだけど……」

ラビーニャさんはまだ迷っているようだ。

　ボクは追い打ちを掛けるように、言葉を続けた。

「もし手伝ってくれるなら、みんなが毎日、新鮮な人参を食べられるよ？」

「アンタまさか、食べ物でラビたちを釣る気⁉」

　どうやら気づいたらしい。ボクはニッコリと笑って頷いた。

　すると彼女の喉がゴクリと鳴ったのが聞こえた。昨日の人参の味を思い出しているらしい。

「う～、それは狡いわよ……でも断る理由もないし」

「なら決まりだね。同胞の人たちの住居も用意するから、みんな連れておいでよ」

「本当に良いの？　これじゃ恩返しどころか、借りばっかりできちゃう」

「そんなことは気にしなくていいのに。それよりも獣人の国について教えてくれると嬉しいな」

　きっとボクの知らない野菜もあるだろうし。

　サッと右手を差し出すと、ラビーニャさんは少しだけ迷った後、なにかを決意した表情でボクの手をギュッと握った。

「ありがとう、ネルっち」

「ううん。こちらこそだよ」

　こうして畑泥棒だったラビーニャさんは、ボクたちの新たな仲間に加わった。

「へぇ～。それじゃあコロッサーレの人たちは、農業をしないんだ」

畑仕事を教えながら、ボクはラビーニャさんから隣国の話を聞いていた。

「ラビたち獣人は戦闘民族だからね。魔物を倒して肉を喰らわなきゃ、強くなれないんだ」

「えぇ……じゃあ野菜は一切食べないの？」

ボクは思わず嫌な顔を浮かべてしまう。肉だけを食べるなんて、野菜好きなボクにとっては拷問に近い。するとラビーニャさんはカラカラと笑いながら首を横に振った。

「そんなわけないじゃない！　ラビだって美味しけりゃ野菜も食べるよ」

なんだ、良かったぁ。住んでいいよと言ったものの、農耕生活がメインの我が領なのだ。嫌々ながら野菜を食べてもらうのは、ボクとしても本意じゃないからね。

「でもコロッサーレの野菜はクッソ不味いんだよね」

とてもじゃないけど食べられたものじゃないんだ、と彼女は心底うんざりした声で言った。そこまで不味いと言われると、逆に気になる。育て方次第で改善できそうだと思うんだけど。

「ネルっちもアレは嫌いだと思うよ？　粒は固いし、お湯に溶くとネバネバするし……」

「なんだって!?」

「食べ応えが最悪で……え、なに？」

その植物の特徴を聞いていたボクは、思わず叫んでしまった。

「もしかしてその野菜って、一本にたくさんの茶色い粒が実る？　それでいて中身は白っぽい色をしているんじゃないかな!?」

「え？　あ、うん。言われてみればそうかも」

やっぱりか！　間違いない。それは稲、つまり米だ！　サンレイン王国には自生していないと知っていたけれど、まさか隣国にあったなんて！

「ねぇラビーニャさん、ちょっと相談があるんだけど」

「な、なにさ。急に改まって……」

ボクに気圧されながらも、彼女は耳をピコピコさせながら続きを促した。

「実はね……」

それからボクは彼女にその植物の説明をすると、ありったけ持ってこれないか頼んでみた。

最初はなんでそんなものを、と難色を示していたけれど、調理の仕方次第では美味しい食べ物に変わると言ったら、目の色を変えて「取ってくる」と了承してくれた。

「ふふ、これは楽しみだね」

やっぱり元日本人としては、お米がどうしても恋しい。この世界でも食べられるとなったら……ああ、想像しただけでヨダレがこぼれ落ちそうだ。


依頼してから一週間ほどが経ち。ラビーニャさんは大量の稲穂と共に帰還した。

ボクはもう手放しで感動を伝えようとしたんだけど——。

「このチビが俺様の妹を誑かした子供か」

今、筋骨隆々の大男がボクを見下ろしている。

――でかい。とにかくでかい。彼をひと言で表現するならば、迷わず巨人と答えるだろう。

一九〇センチのパパを優に超える身長に、ボディビルダーをふた回り以上もパンプアップさせた筋肉の鎧。腕なんて、ボクが両手を回しきれないくらい太い。

彼もラビーニャさんと同じく獣人なのか、肌が灰色の毛で覆われていて、フサフサの尻尾も生えていた。そして体高よりも大きな両刃の戦斧を背負っている。

これらの特徴だけでも圧倒されているんだけど、ボクが一番気になっているのが――。

「なんだ。俺様のチャーミングな顔に文句でもあんのか？　おおっ？」

「い、いえ……」

これだけ恐ろしい出で立ちなのに、どういうわけか顔は可愛らしい兎なのだ。

しかもラビーニャさんと違い、ケモ度百パーセントの兎顔である。首から下の見た目と尊大な物言いでプレッシャーが凄いのに、頭部のせいですべてが台無しなんだよなぁ。

凄まれてもあんまり怖くないから、とっても反応がしづらい。

心配で様子を見に来たパパたちも、今じゃ肩を震わせながら必死に目を逸らしている。

精霊ゴーレムたちなんて、笑いそうになるケットをクーが必死に止めている始末だ。

「あの、貴方はいったい……」

「俺様はガオル。コロッサーレの民を束ねる獣人王であるぞ」

えぇえええ⁉　この人が獣人王？

情報が多過ぎて、脳内の突っ込みが追いつかないんですけど。

「ってことは、ラビーニャさんは王様の妹ってこと？」

いやいやいや、どうしてそんな大事なことを教えてくれなかったの。

責めるような視線を送ると、彼女は両手を合わせて「ごめん！」と謝った。

「……おい、ラビィ。人族から施しを受けるなど、貴様に獣人としての誇りはないのか？」

「で、でもプライドじゃお腹は膨れないよ！　兄様は同胞に死ねっていうの⁉」

「その通り、牙を失った獣は淘汰されるのが自然の掟だ。弱い獣人など、俺様の国には不要！」

獣人王を名乗るガオルさんは、つぶらな丸い瞳で妹を睨みつけた。

やばい、怒っているのにちょっと可愛い。

「おい。黙って見ていれば、さっきからなんなんだお前」

「――あ？」

「王だかなんだか知らないが、妹に対してその言葉はないんじゃないか？」

ラビーニャさんを庇うように、ガオル王の前に一人の女性が出てきた。

……ってイザベルお姉ちゃんじゃないか！　貴女こそなにしているんですか！

「ほう？　人族の中にも、中々に骨のありそうな武人がいるじゃないか」

「お前こそ、アタシが女だからって舐めないところは褒めてやるよ」

いやいや、いやいやいや？　なにを煽り合っているのさ二人共、やめてよ争い事は！

「……ならば手合わせしてみるか？　獣人のルールは『自分の意志を通したくは己の武で示せ』だ。御託ではなく、戦うことで相手を知る文化なのでな……俺様にお前の力を見せてみろ」

ガオル王はそう言うと、背中のバトルアックスはそのままに、ゆっくりと柔道家のような構えを取った。その動作だけで気圧されるような錯覚に陥る。

だけどそんな威圧を受けてもなお、イザベルお姉ちゃんは一歩も引かなかった。

「……ふっ、上等だ。こちらこそ相手が王だろうと、手加減するつもりはないからな」

お姉ちゃんは手に嵌めていた手甲を地面に投げ捨てると、ギュッと拳を構えた。そしてじりじりとガオル王へにじり寄っていく。

「ちょっ⁉　ねぇパパ、止めなくていいの？」

「なんかあったら俺が間に入る……が、それは必要ないだろ。俺の娘はそんな弱くねぇ」

「やれー、なのニャ！」

「ちょっとケット！　空気を読むでござるワン」

「イザベルちゃん、頑張ってー！」

ちょっとケットも煽らないで！　しかもママまで⁉

すっかり観戦モードの人たちをよそに、二人はさらに距離を詰めていく。そして互いに間合いへ入った瞬間——イザベルお姉ちゃんの拳がガオル王の顔面にクリーンヒットした。

「くっ、人族のくせにパンチが重いな！」

だがガオル王も負けじと、瞬時に次の攻撃へと移る。

拳がイザベルお姉ちゃんの身体を捉えようとした瞬間。彼女は咄嗟に横っ飛びして回避すると、そのままガオルさんの背後に回り込んだ。

「甘い！」

だけどその攻撃は読まれていたようで、彼は斧を背中に回してガードしていた。

追撃とばかりに彼女は蹴りを入れようとするけれど、それはガオル王のバックブローによって迎撃されてしまう。

「……中々やるな、人族の娘よ」

「獣人王こそ、さっきは侮ったことを詫びてやるよ」

不敵な笑みを互いに浮かべながら、二人は再び構えを取った。どちらも拮抗した戦力なのが楽しいみたいで、本来の目的なんてそっちのけで殴り合っている。

「これは、もう止められないね……」

「……だな」

ガツンゴツンと鈍い音を立てて殴り合う二人の戦いを見ながら、ボクたちは呆れたように呟いた。

だけど予想外な事態が、この戦いに終止符を打つことになった。

「――なんだ？」

初めに感じた異変は、オオオオという唸り声のような雄叫びだった。続いて地面を揺らすような上下振動が足に伝わってくる。

「ね、ねぇネルっち！」

「どうしたのラビーニャさん」

隣でピョンピョンと跳ねながら遠くを見ていたラビーニャさんが、焦った声を出している。

「遠くの方から、変な砂煙がこっちに向かってるっぽい！」

「え？」

彼女の見ていた方角を見てみると、大量の砂埃が空までもうもうと上がっていた。

あれは……馬？　いや、商隊か？

違う、それにしては多過ぎる。あの数はまるで軍隊だ。

「ねぇパパ、ママ。アレはなんだと思う？」

「わかんね。空を見る限り、異常気象ではなさそうだが……」

「なんだか、嫌な胸騒ぎがするわ」

「大変です、コーネル君！」

するとと今度はアイリス様がスチュワードさんを連れて、慌てたように駆け寄ってきた。そしてボクの肩を掴むとガクガクと揺さぶった。

「魔物の大群がこの男爵領に向かっていると、スチュワードの部下から連絡がありました！」

「え？　魔物？」

じゃあ、あの砂煙は魔物が原因？　ホントに？

「どうやらモージャー侯爵が、魔寄せの魔道具を使ったようなのです」

そう説明したのはスチュワードさんだ。相当急いで走ってきたのか、いつもはビシッとした執事服を身に纏っている彼も、今だけは髪や衣服が乱れていた。

「魔道具って、侯爵が逃げるときに持ち出したアレのこと？」

たしかケットとクーの報告にあったやつだ。

てっきり他国に亡命でもしたのかと思ったけれど、この辺りに潜んでいたらしい。

「でもなんでまた、そんな馬鹿な真似を」

「それは……」

するとスチュワードさんは口籠もり、言い難そうに顔を歪めた。その様子を見て察したのか、アイリス様が口を開いた。

「おそらく私怨でしょうね。もはや権威を取り戻すよりも、男爵家へ恨みを晴らすためだけに行動しているようです」

「そんなくだらないことで、自国の民を傷つけようっていうのですか……」

エディお兄ちゃんが吐き捨てるように言葉を零(こぼ)す。それにはボクも同感だった。

だけど今の問題はそこではない。魔寄せの魔道具が作動したということは、なだれ込む魔物の群れをどうにかしなくっちゃいけない。

「それで、その魔物たちはどれくらいの規模なの？」

「……千体以上だそうです。偵察した者によれば、ドラゴン級の強力な魔物も見掛けたとか」

「せ、せん⁉　そんな数どうやって対処するのさ！」

傍で話を聞いていたイザベルお姉ちゃんが、思わず大声を上げてしまう。隣のガオル王も、神妙な顔をしている。

「……まず間違いなく、領民たちに被害が出るだろうな」

「っ！　そんな！」

お姉ちゃんが絶望に打ちひしがれるように、膝から崩れ落ちた。多くの民が苦しむ姿を想像したのだろう。

「でも大丈夫だよ、お姉ちゃん」

「ネル先生……だけど領民が！」

「そうだよネルっち。今から領民だけでも避難させなきゃ……！」

ラビーニャさんはボクの袖を引きながら、焦ったように提案をしてくれた。ボクはそんな彼女たちの不安を払拭するように、笑顔で首を横に振った。

「帰ってきたばかりのお姉ちゃんや、来たばかりのラビーニャさんは知らないだろうけど、ちゃんとこの日のために準備はしてきたんだよ」

「その通りだニャ！」

ボクの思惑を読み取ったのか、ケットがお腹によじ登ってきた。そのモフモフを撫でながらボクは宣言する。

「じゃあさっそく、防衛用のシステムを作動させるよ！」

「それはいったい……」

疑問の声を上げたのはガオル王だ。だけどボクが答えるよりも先に、イザベルお姉ちゃんが口を開いた。

「そうか！　ネル先生は魔晶石ゴーレムの使い手だから！」

そう。この領地に危機がやってきたときのために、専用のゴーレムを造っておいたのだ。

最初はケットやクーに兵器を勧められていたんだけど、争いごとが嫌だったボクは攻めるゴーレムではなく、防衛に特化したゴーレムをチョイスした。

それが、この男爵領を一瞬で要塞化する防護壁だ。

「よし、さっそくゴーレム要塞を起動しに行こう！」

もう時間もないので、ボクたちは屋敷の前にある広場へと急いだ。

ここには花壇や噴水などを設置してあり、領民たちが自由に使える公園になっている。

ボクは敷地の中心に向かうと、侵入者防止用に作った柵を越え、なるべく花を踏み潰さないようにしながら花壇の中へ入っていく。

「サクヤ様、今こそお力を貸してください！」

花々に囲まれるようにして鎮座するのは、女神サクヤ様の石像。みんなの信仰心を取り戻すため、村の廃教会に打ち捨てられていたものをボクが綺麗にして、この場所に祀ったのだ。

この像は夢で再会した際と同じ、巫女装束をしている。といっても全盛期の姿を模してあるのか、あのときよりも随分と幼い、十代ぐらいの見た目だ。

「うーん。なんだかどこかで見た覚えがあるんだけれど……」

「ちょっと、コーネル君。今は女神様に見惚れている場合じゃないですよ？」

おっと、そうだった。アイリス様に急かされつつ、ボクはそっと台座に触れた。

スイッチが作動し、地中に埋めた魔晶石が次々と連鎖して起動していく。

やがて地上を、青白い光が蜘蛛の巣状に奔った。そしてドドドという大きな音と共に、村の外周にある土が隆起していった。

「こ、これは……？」

「凄い、凄いよネルっち！　マジで天才！」

「うっは。こんな巨大な建造物を造り上げるとは、我が弟ながら末恐ろしいな」

作動から五分もしないうちに、十五メートルを超える壁が村を囲うように現れた。

その様子を間近で目撃したガオル王たちは、見事な驚きっぷりを見せている。

「でもボクだって簡単に造れたわけじゃないよ？」

なにしろこれだけの準備に、一か月以上もかかってしまったのだ。

それと莫大なＭＰと魔晶石。本当は使わないで済めば良かった奥の手なんだけど……侯爵は余計なことをしてくれたよね、まったく。

ちなみに、この壁は物見やぐらの役割もある。壁の内側に備えつけた階段を使って、みんなで壁の上に向かうことに。

この高さだと、五階建てのマンションぐらいだろうか。手すりがないとちょっと怖い。

「ちょうど魔物たちも来たぞ」

パパが指差す方向を見ると、魔物の群れが壁に押し寄せてくるところだった。

狼、昆虫やヘビ、花の咲いた木など、様々な動植物に似た異形の者たち。その光景はまさに魑魅魍魎（ちみもうりょう）、百鬼夜行。数えるのも面倒になるほどの魔物が、ウジャウジャとひしめいている。

「これはまた、とんでもない数だニャ」

「この後はどうするでござるワン？　防戦だけでは、敵は減らないでござる」

「あー、それなんだけどさ。うん、たぶん大丈夫だよ」

心配させちゃって悪いんだけど、ボクには余裕があった。だって――、

「ねぇパパ？」

「なんだ？」

「あの魔物たちって強いの？」

そう訊ねると、パパは少しだけ考えてから答えた。

「……そうだな。普通の兵士ならまず逃げることを考えるだろう――が、数だけ揃えた烏合の衆じゃあ、俺の敵にはならんな」

不敵な笑みを浮かべるパパ。

「じゃあ、駆除をお願いしてもいいかな？」

「おうよ！」

ボクの言葉に頷いたパパは、そのまま魔物の群れに向かって飛び降りた。そして腰に下げていた剣を抜くと、まるで風のように駆け抜けていく。

すると次の瞬間には魔物たちがみな、真っ二つになっていた。さらにその後ろから襲いかかってきた別の熊型魔物も、一太刀で斬り伏せてしまう始末だ。

「す、凄い……」

「これがネルっちのお父さんなの？」

「うん。でもまだ本気を出してないみたい」

あの程度の魔物なら、束になってもパパの相手にならない。そんなボクの予想は的中したようで――、

「おりゃああああああ！」

パパの気合と共に、今度は三倍の量の魔物が一瞬で斬り伏せられた。そしてまるでミサイルのように次々と魔物を蹴散らして進む。

「オヤジはやっぱり強ぇな～。さすがは【剣聖】、こりゃまだまだ敵わないわ」

イザベルお姉ちゃんが感心したように呟くと、隣にいた獣人王のうさ耳がピーンと立った。

「なんと、彼のジョブは【剣聖】なのか⁉」

「あ、やっべ。秘密にしろって口止めされていたんだった！」

「なんなんだ、この家族は。子供も強いが、父親はそれ以上だと⁉」

驚きの連続で疲れたのか、あれだけ元気だった獣人王の肩がガックリと落ちた。

そうなんだよね……普段はうだつが上がらないオジサンだけど、いざ戦いとなると頼りになるから不思議だ。

「ちっ、まだ終わりそうにないな」

パパはそう呟くと、再び剣を振るい始めた。

その言葉通り、魔物の数は減るどころか、どんどん増え続けている。

「ネルっち！　まだまだ押し寄せてきているよっ！」

どうしよう、このままだとジリ貧だ。この壁の魔素が切れた瞬間、ボクたちはあの魔物の群れに飲み込まれてしまうだろう。

「心配するな、俺様が加勢しよう」

「アタシも行くよ！」

そんな彼女の不安を拭うように、ガオル王とイザベルお姉ちゃんが応えた。そして壁の縁に手を当てると、そのまま飛び降りていく。

さっきまで殴り合っていたのに、二人して息がピッタリだ。魔物たちの中に降り立つと、昔ながらの戦友のように背中を預け合い、連携しながら恐ろしい速度で敵を蹴散らしていく。

その勢いはまったく衰えない。あれだけいた魔物たちは数をどんどん減らしていき、残りは数十体となった。

「凄いのニャ！」

「これが獣人の実力でござるか」

ケットとクーが感心するようにそうこぼした。だけどまだ油断はできない。ボクは壁から身を乗り出すと、辺りに目を凝らした。

「いたっ。みんな、あの岩陰を見て！」

どこかにいるとは思っていたけれど、ようやく発見した。岩陰からこちらを窺っている男の姿――モージャー侯爵をボクは指差した。

しかも彼の手には、笛のような物が握られている。きっとあれが魔物を呼び寄せる魔道具なのだろう。

「ちっ、こんなはずでは……！」

こちらに気づいた侯爵は悔しそうにそう吐き捨てると、手に持っていた笛を口元へと運んだ。新たに魔物を呼んで逃げるつもりなのだろう。

「そうはさせませんよ」

だけどその前に、限界まで気配を消したスチュワードさんが侯爵の背後に回り込んだ。そして反撃する余地も与えぬまま、彼の首に短剣を押し当てた。

どうやら彼もずっと侯爵を探していたらしい。さすがは元暗部の人だ。

「ぐっ……貴様ぁ」

「侯爵、貴方を拘束します。罪状は……もうお分かりですよね？」

「ふんっ。貴様らのような下等な人間が俺に触るな！　我々には崇高な理想が……！」

スチュワードさんの言葉にも耳を貸さず、ギャアギャアと喚き散らす。

だけどそんな態度にも眉一つ動かさず、執事らしく淡々と告げた。

「貴方はやり過ぎたのですよ。自身の領地で王の真似事をするだけなら、陛下もまだ目を瞑っていたでしょうが……」

「くっ……だがまだだ！　俺の策は終わっていないぞ！」

「なんですと？」

その言葉に、スチュワードさんは訝（いぶか）し気に眉を顰（ひそ）める。そして次の瞬間にはその顔色を真っ青にした。

「……な、なんですかあれは」

突然、ボクたちに巨大な影が差した。何事かと空を見上げてみれば、巨大な鳥が太陽の光を遮るように飛んでいた。

「いや、あれは鳥じゃない。ドラゴンだ……」

「ドラゴン⁉」

そのドラゴンは段々と高度を落としながら、こちらへ向けて滑空している。

「ク、クハハハ！　これで男爵領も終わりだぞ！　圧倒的な強者の力を思い知るがいい！」

追い詰められた侯爵は、狂気じみた高笑いを響かせる。

そしてアイリス様やイザベルお姉ちゃんたちを見て、ニヤリと口で弧を描いた。

「おい小娘ども。今からでも俺の味方をすれば、お前らだけでも助けてやるぞ？　あぁ、だがそっちの年増はダメだからな。若い女なら俺が可愛がってやっても――」

目を血走らせた侯爵がそう口にした瞬間、周囲の空気が凍った。

この男爵領で一番の禁句を言っちゃったね。まさに逆鱗に触れてしまったよ、侯爵様？

「ふ、ふふふっ。誰が年増のバ・バ・アですって？」

骨の髄から震え上がるような低い声が辺りを支配し、その場にいる全員の肝を冷やす。

「あーあ、やっちまったな。こうなったレイナは、俺でも止められねーぞ？」

「いや、侯爵もババアとまでは言ってなかったけどね」

「女性に年増って言うだけでも重罪なんですよ？　コーネル君」

おっと、余計なひと言だった。アイリス様に冷ややかな目で見られてしまったぞ。

「世間知らずの愚か者に、真なるドラゴンの恐ろしさを教えてあげましょう――《竜化》」

ママは怒りに顔を歪ませながら両翼の生えた竜へと姿を変えると、その翼を羽ばたかせて空へと舞い上がった。そしてドラゴンのすぐ横に並ぶと、まるで旧友のように語り掛ける。

「ねぇ、貴方。まさか私の縄張りに手を出そうなんて思っていないわよね？」

『グルルゥ……！』

「ふふ、ありがとう」

どうやら意思疎通ができているらしく、ドラゴンは首をブンブンと振って否定していた。あの一瞬で、どちらが格上なのか分からせたみたいだ。

「な、なんだあれは……」

「人間がドラゴンに変化するなど……まさか、伝説の竜人か⁉」

侯爵も、そして獣人王ですら、その光景に唖然としていた。

「それじゃあ、お仕置きといきましょうか？」

『グルァアアアア！』

ママの号令と共に、ドラゴンがブレスを吐き出した。それはまるでレーザービームのような極太の光線で、その一撃だけで数十体の魔物たちが蒸発した。

さらにママは翼を大きく広げながら物凄い速度で急降下すると、その勢いのまま前脚の爪を振り下ろした。それだけで大地が抉れ、数百メートル先まで一直線に亀裂が走った。

「あはっ！　本当の竜を見た感想はどうかしら？」

「あ、あばばばばっ！」

すっかり腰を抜かしたモージャー侯爵は、口から泡を吹きながら卒倒してしまった。

もはや敵ながら同情するしかない。味方であるはずのボクたちも、小刻みに震えている。

「レイナを怒らせてはいけないって言った理由が分かったか？　俺の屋敷がボロボロだったのは、老朽化が理由じゃない。夫婦喧嘩でキレた彼女が壊したのが原因だ」

「ね、ねぇオヤジ。オヤジがドラゴンを倒したって噂になったのって、もしかして」

「……そうだ。昔、竜化したレイナに手を出した馬鹿がいてな。暴れまわっていた彼女を俺が命懸けで説得したんだ。その後なぜか気に入られて、恋仲に……」

まさかの両親の馴れ初めに、イザベルお姉ちゃんも絶句している。

そういえば王様が豊穣祭で遊びに来たとき、やたらとママを気にしていたのは、竜人の正体を知っていたからだったのか。

ボクの脳内で、今まで謎だったピースが次々と埋まっていく。そんなことを考えている間に、人の姿に戻ったママがスッキリした顔でこちらに歩いてきた。

「みんな、もう大丈夫よ。悪い奴らは、ママが全部倒したから」

「……うん。ありがとうママ。でもちょっとやり過ぎじゃない？」

「だってこの人たち私の家族に手を出したのよ？　これぐらい当然でしょう？」

そうなのかな……まぁいいか。そういうことにしておこう。

もはや考えるのも億劫になってきたボクの横で、スチュワードさんが気絶した侯爵を手際よく縛り上げている。そして猿轡を噛ませ、彼の襟首を掴んで肩に持ち上げると、ニッコリと微笑んだ。

「さてと、私は後始末をしてまいります。顛末はまた後日、報告させていただきますので。それでは皆さん、ごきげんよう」

スチュワードさんは侯爵を担いだまま、どこかへ去っていった。

……これで一件落着なのだろうか。

魔物の残骸が生ごみのように散らばる地面を眺めながら、ふぅと安堵の息を吐く。

後でゴーレムを使って片付けしなきゃ。

「……貴殿はコーネルと言ったか」

「え？　あ、はい」

いつの間にか隣に来ていたガオル王が、ボクに話し掛けてきた。

でもなにやら、さっきまでの傲慢な様子とは違うような……？

「今回は完全に俺様が間違っていた。貴殿の姉君にも失礼な物言いをしてしまって、本当に申し訳ない」

いったいなんの心境の変化だろうか。彼は筋肉を縮こまらせ、畏まった様子で頭を下げた。

「あ、頭を上げてください。ボクも言い過ぎましたし……」

「いや、貴殿は正しいことを言ってくれた。それに……その、なんだ」

するとガオル王は恥ずかしそうに視線を彷徨わせつつ、小さく呟いた。

「……惚れてしまったんだ」

「へ？」

いや、今なんて？　惚れ……え？

「だから貴殿の器の大きさに惚れたと言っている！　俺様の……いや、獣人族の王となってくれまいか⁉」

えーっと、ごめん。言葉は耳に入ってくるんだけど、頭がフリーズして受け付けないみたい。いろいろあり過ぎて疲れたんだろうね。もう帰って寝ちゃダメ？

「俺様は獣人王となって二十年近く経つが、王としてどのような振る舞いが相応しいか、己に問い続けてきた。その結果、民を守るために強くあり続けるべきだと結論づけた」

「はぁ……」

それはそれで立派な考えだと思うけれど。そのせいで他人にも厳しくなり過ぎていた点は除いてね。

「だが貴殿を見て理解した。真に民を想うならば、肉体だけでなく頭脳も強くあらねばならぬ。だからこそ、俺様よりもコーネル殿の方が王に相応しいと確信したのだ」

「えぇ……」

「頼む、我らを導いてくれまいか」

つまりこの人を始めとした、獣人族がボクの配下になるってこと？

チラっとラビーニャさんの方を見ると、キラキラとした目でボクを見つめていた。どうやら彼女も賛成らしい。

……獣人族の思考回路というのは、かなり特殊なようだ。アイリス様に助けを求めてみれば、苦笑いをしながら両手で小さくバッテンを作っている。ははは、そうだよね。

「うぅーん。さすがに国際問題になるので、ガオル王を配下にはできません」

「なぬ⁉　そ、そうか」

あからさまにガッカリしたのか、彼のピンと立っている耳がペショリと折れてしまった。

「だけど、お友達にならなれますよ。ほら、友好の証にご飯でも食べませんか」

自慢の野菜もあるから、と言うとガオル王は目を輝かせて「いいのか⁉」と歓喜の声を上げた。苦肉の策だったけれど、いちおうの納得はしてくれたみたいだ。

「あらら……なんだか変な方向に話が進んじゃいましたね」

「まったくですよ……どうして次から次へと問題が……」

「ふふ、でもコーネル君らしくて良いと思いますよ」

「賑やかで楽しいのは良いことなのニャ！」

「なのでござるワン！」

なぜか嬉しそうに声を弾ませるアイリス様。そしてピョコピョコとボクたちの周囲を楽しそうに踊る精霊ゴーレムたち。

こうして数か月続いた侯爵家との諍いは、大団円のうちに幕を閉じたのであった。

エピローグ　笑う辺境には福来る

結局、侯爵は爵位の剥奪となった。違法な魔道具の所持、他領の侵略、そして彼がハラブリン商会を介して他国と密約を交わしていた証拠が見つかったのだ。

密約の内容は、魔道具で男爵領に魔物を氾濫させたのち、混乱に乗じて食料や武器を販売し、利益を得るという自作自演行為だった。やっていることは内乱罪となんら変わらない。いくら侯爵が上位の貴族といえど、彼は投獄されることになった。

そこまでしてモージャー侯爵が男爵領を欲しがった理由だけど……なんと目的は、枯れた生命の樹だったそうだ。

「でもそんな物を手に入れて、侯爵はどうするつもりだったんだろう？」

ボクは満腹亭の日当たりの良いカップル席で、対面にいるアイリス様に訊ねた。

今日は珍しく二人っきりのデートだ。お邪魔虫である大人は誰もいない。だからもしコックに変装したスチュワードさんが厨房からこちらの様子を窺っているとしても、それは気のせいに違いないのだ。

「魔物寄せの魔道具を作る素材の一つが、あの木だったそうですよ」

アイリス様は紫色をした瞳を窓の外に向けた。視線の先では、艶やかな若葉を茂らせた大木が青空を彩っていた。枯れた神木ではない。命の息吹に満ちた、文字通りの生命の樹だ。

男爵領に緑が溢れ、豊穣神を信じる人たちが増えた。それでサクヤ様の力が戻ったんだろう。

「あの木には大量の瘴気が込められていますからね。瘴気を好む魔物を引き寄せるには、これ以上ない材料なのでしょう」

「なるほど……」

信仰を失い、誰も神木に寄りつかなくなったことも、彼らにとって都合が良かったんだろう。

あとはボクたち男爵家を追い出せば、邪魔者はいなくなるわけで——これほど暗躍していると、生命の樹が枯れた原因も侯爵たちが怪しく思えてくるな……。

「今回の騒動でコーネル君のお父様は伯爵に陞爵されましたし、このままいけばいずれ新たな侯爵候補になるかもしれませんね」

「パパはめんどくせぇって嫌がっていたけどね」

「ふふふ、お父様らしいですわね」

あのパパが偉くなって喜ぶとは思えない。跡継ぎであるエディお兄ちゃんも同じくである。

二人の苦い顔を思い浮かべながら、可愛らしいクマの絵が描かれたカップを傾けた。

本日のオススメセットはハーブティーとタルト。柑橘風の香りと清涼感のある後味は、レモンミントを使っているからだろうか。

「——ん？　どうしました？」

さっきからアイリス様が、テーブルの上にあるタルトをチラチラと見ている。

男爵領産のサツマイモをふんだんに使ったスイーツらしい。どうしたんだろう、食べたいなら遠慮しなくていいのに。

「い、いいえ。そういえばコーネル君。例の提案は呑んでくれる気になりましたか？」

「……その提案、本当に受けなきゃダメですか？」

先日、王城からの使者から聞かされたのは『コーネル＝ジャガーを豊穣騎士に任命する』という陛下の勅命だった。なんでも慣例の制度とは別枠の貴族位らしく、この立場を使って国に農業を普及させてほしいんだとか。つまり国家公認の農業大使である。

「でも他の貴族からの反発があったんでしょう？」

「ありましたが、お父様から『野放しにすれば間違いなく彼は他国に引き抜かれるが、その際は責任を取れるのか？』と言われ、皆さん沈黙されたそうですよ。まぁ、当然の結果ですよね」

公認となれば、好き勝手に農業をやれる免罪符にもなる。誰にも邪魔されず人好きな畑仕事ができるのは、ボクにとってはかなりのメリットではあるんだけど……。

その国王陛下が言ったセリフの裏を考えると、これってつまりボクをサンレイン王国に縛りつけるための鎖でもあるってことだ。……まぁ他国に行く予定はないから良いんだけどさ。

「どうせこれも婚約と同じく、ボクに断る権利はないんですよね？」

「ふふっ。コーネル君も段々わたくしのことが分かってきましたね」

まったく、五才児にあんまり負担を掛けないでよね。

「はぁ……分かりました。じゃあ遠慮なく、これまで以上に農業を進めていきますね」

溜め息交じりに了承の意を伝えると、アイリス様は「これまで以上に⁉」とドン引きしていた。え？　ボクなにか変なこと言ったかなぁ？

「ところで、そのタルト。食べないんですか？」

「いえ、会話の合間にゆっくり食べようかと……」

「もう、いいです！」

痺れを切らしたのか、彼女はお皿の上に乗ったタルトを自分の方へと持っていってしまった。

手のひらサイズの丸いタルトで、焼きたてなのかこんがりした匂いが漂ってくる。

そんなにお腹が空いているのかと思いきや、アイリス様はナイフで一口サイズに切り分けると、フォークで刺してボクの顔に向けた。

「……食べてください」

「えーっと？」

これはつまり、俗にいう「あーん」というやつですか？

どうやら自分が食べたいのではなく、彼女はボクに食べてほしかったらしい。

どうするべきなのかしばらく戸惑っていると、潤んだ瞳でジッと見つめられてしまった。

反応には困ったが、別に拒む理由はない。大人しく口を開け、エサを待つ雛鳥のようにそのときを待つ。

「むぐむぐむぐ。んんっ、あれ？」

やってきたタルトを咀嚼し、味わう。

美味しい。たしかに美味しいのだけれど――。

「ど、どうでしたか？」

「もしかしてこのタルト、アイリス様の手作りですか？」

「えっ、どうして分かったんですか⁉」

「だってロインさんが作ったのなら、ここまでボクの反応を気にしないだろうし」

ハッとしたアイリス様は大きく口を開いて、そしてすぐに手で覆った。はしたないと思ったんだろうけれど、なんだかその仕草が可愛くて、ボクはついクスクスと笑ってしまった。

「美味しく……なかったですか？」

「ううん、とっても美味しい！　サツマイモ本来の甘さが際立っているし、ホクホクした食感が楽しめたよ」

「しょ、正直に言ってください！　お砂糖の分量を間違えましたし、少し焦がし過ぎましたので……うぅ、せっかくコーネル君に喜んでもらおうと思ったのに……」

しょんぼりと俯くアイリス様をよそに、ボクは残りのタルトをムシャムシャと平らげていく。

お世辞じゃなくて、本当に美味しいのに。

「ボクのために作ってくれた、その気持ちがなによりも嬉しいです。ありがとうございます」

このタルトを作るため、わざわざ自分でサツマイモを栽培したんだろうし。先日、アイリス様が苗を植えていたのを知っているからね。

「アイリス様って、以前と比べるとだいぶ変わりましたよね」

「え、そうですか？」

「はい。明るくなって、可愛らしい女の子になりました」

だって出逢ったばかりのときは、少しも笑わないし、怒り以外の感情なんてほとんど分からなかったから。

「そ、それは——」

「大丈夫、その理由はちゃんと分かっています」

周囲の大人に侮られないよう、自分を強く見せる必要があったんですよね。だけどそれは七才の少女がすることじゃない。

でも今は違う。等身大の自分を、ありのままに出せていると思う。目の前の彼女は、笑ったり、不安がったり、コロコロと感情を変えていろんな顔をボクに見せてくれている。

見た目は全然似ていないけれど、その仕草がどこか瑚乃葉ちゃんの面影と重なる。前世では彼女を救えなかったけれど、今度こそ助けられたような気がして……。

いや、救われたのはボクの方か。そう思うと、言葉にならない想いで胸がいっぱいになった。

「本当ですか？　わたくし、可愛いですか？」

「もちろん！」

「じゃ、じゃあ……好き、ですか？」

「その質問の回答は……恥ずかしいので、《心眼》スキルで確かめてください」

不安げにこちらを窺うアイリス様に、ボクは照れ笑いを返す。そして互いの日が合い——彼女の顔が真っ赤に染まった。

＊　＊　＊

一方そのころ、豊穣神サクヤは神域からコーネルたちの様子を見守っていた。

「まったく、転生したばかりだというのに忙（せわ）しないんだから」

やれやれといった口振りながら、その表情は喜びで満ち溢れていた。

「それにしても、ここまで早く結果を出すなんてさすがじゃない」

生命の樹が枯れてからというもの、豊穣の力はサンレイン王国から消えつつあった。

しかし今ではコーネルのおかげで、女神サクヤの力が再び及び始めている。生命の樹が完全復活する日も近いだろう。

「ふふっ。それにしても、一度決めたことは全力で取り組むところは相変わらずね。あのころから不器用で、底抜けに優しくて、病気の子を見捨てられない……」

サクヤは神となる前の遠い記憶を振り返りながら、かつて好いていた男の面影をコーネルに重ねていた。

「姿もすっかり元に戻ったし、これで堂々と彼に再会できるわね。お願いを聞いてくれたご褒美に、今こそこの身を捧げて……えへへ」

サクヤは頬に両手を当て、クネクネと身体を揺らす。グヘグへと気味の悪い声のオマケ付きである。その表情はだらしなく緩んでおり、もはや神としての威厳など皆無だった。

「おい、サクヤ！　お前んとこの使徒、すげぇ活躍らしいじゃねぇか」

「なっ、なんですかヴァルカン！　断りもなく人の神域に入ってこないでください」

不躾(ぶしつけ)にズカズカと畳を揺らしながらやって来たのは、戦闘の神ヴァルカンだった。

獣人の国コロッサーレの管理者であり、獣人王ガオルと同じく巨漢。赤黒い肌に燃えるような赤髪だ。その見た目と短気で怒りっぽい性格は、まさに炎の化身といえる。

「あぁ？　細けぇこと言うなよ！　それよりお前、婆さんから元の外見に戻っているじゃねぇか！　それも使徒のおかげなのか？」

今や十代の和風美少女の姿となったサクヤ。そんな彼女をまじまじと眺めながら、炎神はコタツの上にあったお煎餅に手を伸ばした。

「……うるさいですね。少し静かにしてくれませんか？」

「あ、いや……すまん」

サクヤがギロリと睨むと、ヴァルカンは途端にシュンと縮こまってしまった。いくら彼女が慈愛に満ちた女神であっても、その彼女が本気で怒るとそれはそれは怖いのである。

「まったく……で、なんの用です？　まさか私のオヤツを食べに来ただけとは言いませんよね？」

「ん？　あぁ、そうだった。なぁ聞いてくれよ！」

と言いつつも食べる手を止めることはせず、お煎餅の食べカスをポロポロとまき散らしながら大声で彼は続ける。サクヤに叱られたことはすでに記憶の彼方らしい。

「お前の国にナントカ商会っていただろ？　あの連中、コロッサーレにやって来てな。俺が火山に封印していた古竜を起こしちまいやがったんだ！」

「え？　ハラブリン商会が？」

「まったくとんでもねぇ奴らだぜ！　そこでだな、お前の使徒に頼みがあって……」

そしてヴァルカンから聞かされた内容に、サクヤは思わず頭を抱えてしまった。

――ごめんなさい私の愛するコーネル。貴方にまた借りができてしまいそうです。

あとがき

本文よりも先に、あとがきを読みたい派。作者のぽんぽこです。どうもはじめまして。

個人的に『作品の内容』と『作者の人格』は切り離して読むことにしているのですが、どうしても「作者さんはどんなことを考えながら執筆したんだろう？」と気になってしまうんですよね。

レストランで注文する前にシェフを呼んでくれ、と叫ぶようなものでしょうか。そう考えるとなんだかヤバい人ですね。とはいえ創作をする人間の大半は変人なので、さもありなんという感じでしょう。

ところで、変わった人間には変わった出来事が舞い込むものでして。私もその例に漏れず、『リアルで婚約破棄された腹いせに、そのネタで話を書いたら書籍デビュー』したり、『カレーが好きでそれにまつわる短編を書いたら、とある食堂でメニューが再現』されたりと、癖のあるエピソードは枚挙にいとまがありません。

そして極めつきはこの作品。元社畜の薬剤師が、実家の農家を継ぎながら執筆活動をしていたら、今回のようなスローライフ系の物語を書いてみないかというご提案をいただきました。

はい、そうです。ここまで書けばもうお気づきかもしれませんが、作中の主人公コーネル君は、私にだいぶ近しい存在となっております。

独り暮らしをしていたときに、「異世界でゆっくりできたらなぁ」と現実逃避をしていた経験が活きているわけですね。ちなみに青汁も毎朝飲んでいます。


思いもよらぬ経緯とはいえ、書籍化は私の大切な夢でした。自分の妄想が、誰かの気晴らしになってほしい……そんな想いを込めて、せっせと種を小説投稿サイトに蒔いてきました。

スターツ出版様の『ノベマ！』にて開催されていたコンテストで幸運にも受賞し、そこからさらにご縁をいただいて。このように本という形で、種から芽を出すことが叶いました。

願わくば読書を通じて芽が育ち、作中の登場人物たちと同じように、皆様の心の中でなにか温かいものが咲いてくれていたら――私にとってこれ以上の喜びはございません。


最後となりましたが、キャラクターをとっても魅力的に描いてくださったイラストレーターのネコメガネ先生、出版するにあたり尽力してくださった関係者の皆様。そしてこの本をお手に取ってくださった読者の皆様に、この場をお借りして心よりお礼申し上げます。

そしてファンレターやＳＮＳでの感想、是非お待ちしております！（土下座懇願）

ぽんぽこ

転生5才児はスキル【粘土工作(クレイクラフト)】で農業改革はじめます！
～貧乏領地を開拓したら、いつの間にか最強領地になっちゃった!?～

2025年3月28日　初版第1刷発行

著　者　ぽんぽこ

発行人　菊地修一

発行所　スターツ出版株式会社

〒104-0031　東京都中央区京橋1-3-1　八重洲口大栄ビル7F
TEL　03-6202-0386　(出版マーケティンググループ)
TEL　050-5538-5679（書店様向けご注文専用ダイヤル）
URL　https://starts-pub.jp/

印刷所　大日本印刷株式会社

ISBN　978-4-8137-9435-6　C0093　Printed in Japan

［ぽんぽこ先生へのファンレター宛先］
〒104-0031　東京都中央区京橋1-3-1　八重洲口大栄ビル7F
スターツ出版(株)　書籍編集部気付　ぽんぽこ先生